在天边

苍茫之水

经典文库编委会 ◎ 编

图书在版编目（CIP）数据

在天边．苍茫之水 / 经典文库编委会编．-- 南京：河海大学出版社，2020.3
（二十一世纪中国作家经典文库）
ISBN 978-7-5630-6024-5

Ⅰ．①在… Ⅱ．①经… Ⅲ．①散文集－中国－当代 Ⅳ．① I267

中国版本图书馆CIP数据核字（2019）第 125081 号

丛 书 名 / 二十一世纪中国作家经典文库
书　　名 / 在天边——苍茫之水
书　　号 / ISBN 978-7-5630-6024-5
责任编辑 / 齐　岩　毛积孝
特约编辑 / 李　路　韩玉龙
特约校对 / 朱阿祥
封面设计 / 仙　境
版式设计 / 刘昌凤
出版发行 / 河海大学出版社
地　　址 / 南京市西康路1号（邮编：210098）
电　　话 /（025）83737852（总编室）
　　　　　/（025）83722833（营销部）
经　　销 / 全国新华书店
印　　刷 / 三河市双峰印刷装订有限公司
开　　本 / 880 毫米×1230 毫米　1/32
印　　张 / 6.75
字　　数 / 110 千字
版　　次 / 2020 年 3 月第 1 版
印　　次 / 2020 年 3 月第 1 次印刷
定　　价 / 59.80 元

目录
Contents

第一辑

踏青山

深秋，走进一座山的怀抱 /003

登山记 /011

璧山：此心安处是吾乡 /014

观风山 /019

东山绿 /024

云雾山 /030

黔灵山 /035

晚秋，和这片山林相遇 /039

神乎其神的"火焰山" /043

驼铃声声鸣沙山 /049

第一辑

诗茶红界山 /057

九龙山访茶 /060

雪意庐山云雾茶 /065

华中高山云雾茶 /069

秀甲天下峨眉峰 /072

崇楼丽阁老霄顶 /081

神秘秀美大风顶 /089

雄踞丝路五指山 /096

第二辑

涉绿水

苍茫之水 /105

恋在黄河口 /110

爱在升钟湖那一立方水 /119

流过心上的大运河 /125

桃源河 /133

杜鹃湖 /137

红枫湖 /142

小车河 /146

大美青海湖 /150

天池，你是摄人心魄的仙女 /158

第二辑

惊心动魄的壶口瀑布 /166

夜游黄浦江的惊喜 /172

江水潺潺绕郭流 /178

千里岷江千里浪 /184

大河奔流水滔滔 /193

碧水流芳竹公溪 /201

第一辑 踏青山

深秋,走进一座山的怀抱

张静

我是在一个黄昏时走进常羊山的。

黄昏的常羊山异常安静,静得只有夕阳婆娑的影子,把整个山头照得一片火红的霞光。偶尔,几只野兔子或者松鼠"噌"地从眼前蹿过,又"倏"地一下钻进路边的草丛之中,留下窸窸窣窣的脚步声。偶尔,一排从头顶飞过的大雁,黑压压地朝着南方飞去,它们时而迂回辗转,时而俯首回冲,拉出一串串长长的、略带怅然的声调,似在留恋这块北方的土地。除此之外,这座逶迤在繁华小城西南角的小山,无喧嚣，无纷扰。这种幽静和安然，正好让我的躯体和灵魂，可以一点点地，向这位华夏始祖的脉搏和气息靠近。

小城的九月，秋意正浓。葱茏和碧绿了一个夏天的叶子开始枯黄，我的车子行驶在蜿蜒而上的山路上，一阵阵清凉的风从车窗外渗进来，夹杂着泥土和草香的味道扑鼻而来。进入半山腰后，山路两边错落有致的民居渐渐少了，树木多了，风也大了，一缕斜阳从茂盛的钻天杨的枝叶间钻出来，洒落在我们身上，闪烁出一片又一片的霞光，亮黄黄地晃人眼。

大约十分钟后，进了炎帝陵的山门。门口，一块巨大的石碑上刻着三个大字"炎帝陵"，红色的石刻苍劲有力。而且，这种鲜艳的红，在秋色斜阳的映衬下分外清凉，盯着多看几眼，会使人突然升起莫名的热情和向往来。

或是打小生在农村、长在农村的缘故吧，那些贫瘠的年月里，上历史课，是无奈，看历史书，更是奢望，对于曾经了无兴趣的历史，我总有太多的空白。这种空白，使我面对日落长河里先人留存下来的一切浮光印记时，时常有一种难以言说的窘迫和惭愧，常羊山何尝不如此呢？故而，在来之前，我是细细问了"度娘"的：

炎帝，其祖身号炎帝，世号神农，生天蒙峪，沐浴于九龙泉，长于姜水，采药于天台山。他创耒耜，耕绩而作陶；尝百草，和药以济世；设日市，开贸易之先河；削桐制琴，练丝结弦，教化百姓懂礼仪，为后世所称道，被尊奉为农业之神、医药之神、太阳之神，与黄帝伏羲氏并称为中华民族的人文始祖。

这是我在"度娘"上得到的信息，大部分是和炎帝有关的一段段传世功德。它们在千年的历史烽烟里沉淀下来，被后人堆积成黑色的方块字，一代代传颂，一代代铭记。可是，有谁知道，曾经的炎帝经历了怎样的艰辛和坎坷？那些和老百姓息息相关的农耕医术，一谷一粟、一衣一靴，浸透了炎帝多少仁爱和豁达之心？这来自内心深处的真切感受，自然是"度娘"无法告诉我的。而我，却一再纠缠在其中，一份由衷的敬仰、膜拜和怀念之心，让我来到这里，寻觅和捕捉炎帝的思想，还有灵魂。

穿过一片林荫小道，迎面而来的，是一条长长的台阶，越往高处，风声越大。这风声，正好衬托出了常羊山的安静。

放眼望去，不远处的常羊山更像一位慈祥的老父亲。他的怀里，沉睡着几千年前的那个七月初七，为了医治乡民的瘟疫来此采药，误食了断肠草而永远倒在常羊山的炎帝。若干年后，我隔着岁月和时空，用自己的身体和脚步，细细触摸和丈量那段绵长而深情的传说。

陵园的门敞开着，几乎空无一人，幽静极了。这正是我所想要的一份意境，可以独自尽情触摸炎帝曾经的身影，聆听其曾经的心声，故而我的脚步是轻盈的，目光是崇敬的。在幽深敞亮的庭院里，偶一抬头，撞见一群灰鸽子扑棱着翅膀，正从眼前悠然飞过，顺着它们的影子看过去，其中的两三只，正落在高高翘起的飞檐上，动也不动。檐角处，一撮撮青苔在灰色的青瓦上安静生了根，手指粗的根茎上，碧绿肥硕的叶子正茂盛地生长着，似在诉说那些和炎帝一起，背着日头行走采药的久远往事。

我的脚步开始慢下来，也轻了下来，甚至那一瞬间，我忽然冒出一个奇怪的念头，这满山的夕阳和秋风里，一定藏着炎帝瘦长而沉稳的背影。

来到炎帝大殿，两边高大的红色廊柱上是历代墨客所吟的赞美之联，一条条长短不一的红色幔布挂满了雕刻精细的窗棂。幔布有新的，亦有旧的。新与旧缠绕在一起，留给后人一份永远不会消退的记忆。偶有山间的凉风吹过，红色的幔布轻轻拍打着落满尘土的窗棂。不知怎的，我的视线总是久久地落在这幔布和窗棂上，总觉得那上面一定落满了炎帝的仁爱之篇，它们层层叠叠堆积在一起，被日光沐浴，风雨洗涤，成为一种斑驳、一种永恒！

最显眼的是陵园里到处可见的参天古柏，婆娑青翠，郁郁苍苍。很显然，已经有些年头了。其粗壮的枝干努力朝着蓝天和白云伸展着，深褐色的树皮被昨天和今天的风和尘碾成一圈圈坚硬而干涩的裂纹。这是岁月镂刻在它们身上的印记，或许也是炎帝身体里某些东西在冥冥之中传递给它们，让它们心甘情愿地将根扎在这里，一任繁华的云烟绕过，一任岁月的沧桑漫过。尔后，站成这种虔诚的姿态，守护着炎帝的魂魄。那一树坚挺的姿态仿若要告诉后人，一山之外，苍凉何惧，寂寞何惧！

陵园分前后两部分，前庭院飞檐斗拱，木雕精细，巧夺天工。南北遥遥相对的钟亭、鼓亭此时很安静地坐落着。它们会在淡淡的晨雾漫过时，晨钟脆响，迎来新的一天、新的希望；

也必然在日暮四合时，暮鼓重鸣，送走人们一天的尘埃和怅惘。我在钟亭的木椅子上坐了很久，遥想当年的钟声里，大地上有多少炎黄子嗣来来往往，耕读传家，仁义礼教，济世救贫，不辞劳苦？我在一遍遍叩问自己的同时，又不由自主绕着鼓亭转了一圈又一圈。我将一双手，轻轻拍着厚重的石鼓，心里却在一遍遍感慨，这晨钟暮鼓，莫不是炎帝生活里的一对兄弟或一双姐妹，他们和炎帝一起，在尘世里不离不弃，相扶相依，鞭打着人间的丑陋和罪恶，也敲响着人间的美好和安逸，这是一定的！

前庭的院子里，一座座石桥、回廊比邻而居。桥下，有溪水缓缓地流动，清清浅浅；石阶和回廊上，一条条精雕细琢的蛟龙在舞动，整个前庭院被一种雄伟和大气包裹着，待细细品过之后，却又很清晰地感到一丝丝的古老气息弥散开来。你看，我的眼前，掉了漆皮的大门、磨得油光的青石、落满灰尘的匾额，无不诉说着这里曾经有一位炎帝，姜姓首领。"其母一日游华山，见神龙而孕，生于蒙峪，长于姜水，有圣德，以火德王，故号炎帝，世号神农。炎帝少而聪颖，三日能言，五日会走，三年知稼穑之事……"这些句子，被铺排在一张巨大的长方形板子上，前来参拜的人们仰起脖子，安静靠近板子，嘴里轻轻吟咏着这些永远不曾老去的传说和故事。

信步至后庭院的主殿，更是让人心潮澎湃。宽大敞亮的主殿高17米，供奉着5米高的炎帝坐像。仰着脖子看上去，炎帝高高在上，两只手顺着肩膀摊开，平放在膝盖上，左手的一把谷穗一直延伸到右手上，谷穗黄澄澄的，颗粒饱满。让我感动的是，炎帝面带微笑，颔首平视大地。他的目光里，炭火一般的温热，充分体现了平和谦逊、爱民若子的秉性和胸襟。殿内四壁上，赤红的大笔彩绘出先祖的丰功伟绩，比如制耒耜，种五谷，织麻为布，民着衣裳；比如做五弦琴，以乐百姓；比如削木为弓，以威天下；再比如做陶器，改善生活等。这些关乎着百姓衣食住行、安健康生和乐享生活的点点滴滴，无不折射出炎帝的仁爱、仁心、仁义和仁德。翻阅这些盖世功德，我所能做的，就是靠近、再靠近，将它们一遍遍牢记心间。这些传说和故事，回响在空荡荡的主殿里，似乎要把后世对炎帝的一份拳拳之心、景仰之情，变成一种气息，一丝一丝地吸进我的五脏六腑里。

祭祀区后有一道几乎垂直的天梯，由于山门即将关闭，我是没有时间上去了。祭台前安然打坐的两位穿黄袍的道人告诉我,天梯两侧肃立着历代君王,若拾级而上,犹如徜徉在中华民族的历史长河之中,沐浴"大江东去,浪淘尽,千古风流人物"之豪迈。这条天梯也是考验朝拜者的意志和意念,若登上天梯,则寓意通天有路,有万事吉祥、平步青云之说呢!听老者如此道来,他日,若得空,定要一上!

不知不觉中,已是斜阳漫天,沿阶而下,两旁的山野之中,紫色的野雏菊、粉色的打碗花儿、蓝色的牵牛花,一团团一簇簇摊开在夕阳之中,一片挡不住的明丽和绚烂,生生灼人眼!而我的身后,打开华夏始祖脉络的炎帝陵,渐渐淹没在愈来愈深的暮色里。我想,淹没不了的,该是那份亘古未变的深远和崇敬,如烟岚弥漫开来,足以让时光停驻。

登山记

邸玉超

20世纪80年代末,我在《徐志摩散文选集》中读到《泰山日出》,久久难忘。泰山日出在诗人笔下如梦如幻,瑰丽无比:

玫瑰汁、葡萄浆、紫荆液、玛瑙精、霜枫叶——大量的染工,在层累的云底工作,无数蜿蜒的鱼龙,爬进了苍白色的云堆。一方的异彩,揭去了满天的睡意,唤醒了四隅的明霞——光明的神驹,在热奋地驰骋。

文章浪漫的诗意、绚烂的文采、奇特的联想，与泰山日出的热烈、壮丽、神圣多么契合，读来让人心驰神往。从此，我对泰山充满敬意，对泰山日出充满无限向往。

　　1992年4月，应《中国化工报》邀请，到泰安参加文学笔会，终于登上仰慕已久的泰山。只可惜因天气原因未能看到泰山日出，甚觉遗憾。此次登山有一点感悟补记在此，权作纪念。

　　所谓感悟很简单：累。登山之人都有企图，或纵情游乐，或求仙拜佛，偶有文人雅士为抒怀言志，也免不了一身酸汗。众人游山，携吃带喝，蜂拥而上，早出晚归，匆忙之色绝不像游山玩水，怡情悦心，倒像赶车撑船，生怕误了时辰，目的性甚为强烈：登上山顶。一如那泰山挑夫，挑着那沉重的担子，大汗淋漓，目不斜视，紧盯脚下的石阶，一心登上山巅，换回些度日银两。我的亲人们都缺钱，但登山时也会毫不吝啬地掏出几张票子，他们手头儿更缺的是时间。山道之上，如蚁如虫，若水流动，实在累了，小憩一时半刻，喝上几口劣质饮料，继续赶路，恨不能一步迈上山巅。道旁的古树奇石、珍草灵泉、名胜古迹都被人忽略在背，没忘的，也只不过摄上一张彩照，留作日后炫耀：我曾登过泰山。一切的努力都是为了登上山顶，而过程是无意义的，甚至是多余的。不到长城非好汉，不到黄河不死心，这便是登山人的心态。

我们都是带着登山人的心态在生活，能不累吗？

璧山：此心安处是吾乡

邹安音

"山出白石，明润如玉"，故为璧山。白璧玉润，山朗水清，这一定是璧山，这也应该是我想象中璧山的样子。

20世纪90年代初，一个夏天的早晨，我离开家乡大足到重庆上大学，那是我第一次出远门。我坐在长途汽车上，一路颠簸，神情迷惘，心情彷徨，不可知的前方让我神经紧张。来到璧山时，我看见了"青冈"两个字，我看见了一片绵延的山，很清秀。我不禁打开窗户，尽情呼吸山那边风送来的空气，看山底小河潺潺地流淌，看人家屋顶的炊烟,看公路玉带般延伸进山里。大巴车师傅说,翻过这座山,就是重庆了。重庆有我的校园,有我的梦想……我很激动,我渴望翻过这座山去往心中的天堂,这是离我梦想最近的一座山。我从小生活的地方有巴岳山,我总是想翻过一座一座的山,看看山那边究竟是什么!

那时候我的梦想很多,喜欢唱歌,尤其迷恋邓丽君的歌,曾经一度想当歌唱家。我喜欢画画,也想当一名画家。但最后权衡,我喜欢写作,觉得当作家是最明智的选择。

那时候,我不知道重庆的那边还有山,山的那边仍然是山。直到我大学毕业,直到我在外地工作、成家立业,直到我后来真的翻过一座一座的山,比如到了离天很近的地方——小寨子沟。在那里我看见了白石,看见了天神塔。

山是无限延伸的,就像我们的心,总是在不断向外扩张;就像我们的故乡,也渐行渐远。

我从外地回家,翻过这座山就可以回到我的家乡大足。山无言,水不语。但冥冥中璧山的山水总像我的亲人,牵绊着我的思想和情感,让我的脚步移动到了这里。这个春天,我以一个作家的身份，走进璧山，参加"璧山杯重庆晚报第二届文学奖"颁奖活动，我是来领奖杯的，但我不知道我还想到这里来找寻点什么东西。我到璧山的第一句话是问"的士"师傅："你们这里有什么好的东西？"他自豪地回答："璧山有很多的树，有很多的花草，有漂亮的公园和清澈的河流。"

思维凝滞。我突然感觉自己走进一个寂静的时空，走进20世纪90年代初的那一天，我第一次看见这里的山、水、草、木……这个社会，总觉得有些东西跑得太快了，是该停下来，一点点找回我们的某些过去了，这才是我们生活的实质内容。

是夜，我住在璧山的一个大酒店里，背后是淡淡的山影；右侧是一个水塘，有青蛙的鸣叫，让我很舒心，像莫扎特的小夜曲；左侧是一条宽阔的大道，绿树成荫，直接通往"青冈"，再过去，就可以回到我的家乡大足。

翌日，主办方诚邀我们参观了生态农业种养基地、昆虫科技博物馆、康养生态小区、新兴汽车工业园等。乡间，樱桃正红，在车窗外招摇着手臂，妩媚动人。一畦畦鲜绿的蔬菜，散发出田野的芳香，多么想与人的舌尖展开一场美味争夺大战啊。河流静静地流向远方，竹枝下，石桥中，引来众人竞相拍照合影。牡丹花灼灼开放，睡莲怯怯藏羞，我们这是走进天神阿巴木比塔的后花园了吗？那么白石呢？藏在远山深处吗？

山在远方，朦胧神秘；云在空中，低低浮沉；只有草木、湖水、瀑布、飞鸟、鲜花……在我身边陪伴，让我眼神迷离，仿佛走进心灵的世界，与山对话，与水呢喃。这是我在东岳体育公园最强烈的感受。

小城故事多，充满喜和乐。若是你到小城来，收获特别多。看似一幅画，听像一首歌，人生境界真善美，这里已包括……

在一块天然的石头上，我突然发现了这样的镌刻小字。这是我最喜欢的邓丽君的歌，我不禁轻声哼唱起来。同行的陈广庆老师告诉我：著名词作家庄奴晚年就生活在重庆璧山，以此为故乡，并在这里安然离世，璧山人把《小城故事》的歌词镌刻于此，以作纪念。

这个世界上，人们总是在寻觅世外桃源，寻找香格里拉，寻找心中的故乡。庄奴是幸运的，他找到了心灵中的故乡。

璧山是幸运的,它遇见了如此懂得自己心思的人。我是幸福的,过了青冈,我就会回到自己的老家,回到在家等候着我的母亲的怀抱。

观风山

刘燕成

刚入冬，观风山就变得蜡黄蜡黄的了。抬起头，透过办公室那宽亮的玻璃门窗，就可看见它那黄色的肌肤，转变得亮亮的，润润的，从山脚一直到山顶，渐次铺开来。偶尔也可以遇得几只体肥的山鸟，乌黑的羽翼，电一样闪过窗外，待得抬眼细看，便只见那细黑的影儿，次第粘贴在了观风山岭的光枝丫里，默不作声了。

冬日里，我特别的懒，妻常常骂我像一块磁铁，黏着板凳儿，黏着书本儿，或黏着电视电脑，就是一整日。然而，观风山是一定要去攀登的。再大的风，再大的雪，都改变不了我的这个习惯。我至今也说不清这个中的缘由。不知道是观风山距离单位和距离家都很近之故，还是山上习习的冬风带来的刺骨的激情，抑或是那白雪皑皑的山景的诱惑。似乎是在于这些，又似乎都不是的。然而有一点是肯定的：我是从大山里走出来的山里娃，我打骨子里喜欢大山。

观风山当然是算不得大山的。这山亦本是无名的，皆因后来的雅士们，依了山貌，或是个人兴趣爱好，给山取了名儿，让后人记之。观风山虽名字柔媚好记，但山貌不得想象的美，也非险峻危峡那般的教人惊心动魄，至多算作丘陵一座而已，矮矮的，圆墩墩的，屈身挤在繁华的城南高楼之间，想知道它，都难。后来，我于无事之时翻看闲书，在《贵阳府志》里惊喜地读到前贤毕三才的《观风台碑记》，方才知道这山名，真是雅士们随性泼墨而写下来的。置身这矮圆的山岭之巅，向东望去，看见的是一岭细瘦的栖霞山和满岭裸露着灰白色喀斯特巨岩的铜鼓山诸山岭，在干冷的北风里，默默地站着；往西望去，便见得西岩高耸，俨然一座危崖绝壁。俯身下望，便可见得这山岭脚下，一条湃湃奔腾的长河，撕裂了两岸瘦薄的冰面，蜿蜒远去。这就是贵阳市民称之为母亲河的南明河了。此正是"山势皆从北来，折而东；两江磅礴而来，大汇于城南之渔矶"的写照。

冬日一到，河岸上的杨柳，早早就褪掉了秀长的绿发，余得一身瘦弱的柳条儿，倒映在水里，风一过，便惊起满江水波来，随着河心的浪涛，奔涌而去了。冬日的骄阳暖暖地照在南明河上，爬到了窗台里来，我一日的工作便开始了。大多时候，因琐碎的公务裹身，我便忘了河畔那端的观风山，这样的次数多了，便会情不自禁地想，那山那树那风景，怕是更清冷更寂寞了吧。

冬日的风，是最不讲情面的。山岭上，先前还略带绿意的林间野草，几日不见，便被冬风蹂躏得不成样子，软趴趴的，东倒西歪的，吹得遍地都是。先前那还挂有几片鲜红的秋叶的古枫，现在却只剩得光秃秃的冷枝条儿，硬挺挺地撑在头顶。老树身上披着的横七竖八的枯藤，更是扰乱了这一冬寂冷的山景，倒是岩缝里阴悄悄露出半边脸的山鼠，给心里添增着一阵又一阵暖意来。我想，这观风山的语言，这大山里的情和爱，怕就是这些细微的、不起眼的物事组成的。如若那开山的先贤，他们之于斯山斯地，一定是心怀敬意的。

假若，时光倒转到明万历年三才先生的那个时代去，这冬日里的观风山，一定是如同今日一样的瘦小。谁叫它的脚下，是渺渺荡荡远去的南明河呢？又是谁叫它，置身于繁花似锦的城南闹市中央的呢？自小，我就听得老人们讲，再高的山梁，在水的心里，在江河的眼里，都只是一个小小的倒影而已。这样想，这山便是再普通不过的了。好在三才先生之流的父母官和雅士们，并未因此山的娇小而有半点嫌弃之意，反而，邀朋约友，屡屡登山细访细看，硬是在这瘦矮的山尖，竖起了一房小小的亭台来，且满怀激情地，立碑撰文记之。遥想一下，那时那景那情形，该是一种怎样的欢乐！有时候我会傻傻地想，倘若没有先贤对这山岭的无限钟爱和无数次的歌吟，这山就一定是一座世俗之山，一座文盲山，一座没有生命的山。我倒是要为这一岭淳朴简约的冬景，感到庆幸起来了。细细地屈指一算，这灰飞烟灭的四百多个冬天，水一样流走了。三才先生再也不会知道，四百多年后的今冬，我一次又一次寂寂地踏着前人的足迹，一个人来到山下，一回回仰头望山，发现这山并非如心里想象的那般娇弱到心痛。映入眼帘的，是苍茫挺拔的古木，是蜿蜒而上的林间山径，是一岭蜡黄静寂的山城冬景。在幽静的山道两边，古柏的翠叶成为这一岭冬景的点睛之笔，唯独那舶来的梧桐，邀约似的，裸着身子站在半山腰里，似乎是在静静地等候着它的谁，或是，等待它那绿意盎然的春吧。"是日也，云蒸霞蔚，日丽风怡。登空中楼阁，芙蓉四面，环带三溪。"这般大美的景象，怕是要等到来年春天才能再呈现了。

冬日的夜里，那山湾河面上的古楼，灯光摇曳，笙音清亮，茶香阵阵。红袍女子的影儿，悠长地停驻在楼宇之下的青石古道里，妖艳，羡人。浮玉桥上，夜游的人儿络绎不绝，日日如此，月月这般，年年繁华。我藏身在山脚之下的西湖巷内一套窄窄的旧居里，靠在寒冷的孤枕上，切切地怀想起河边的观风山，以及山下的人们。倘若，那高居庙堂之人，善于观风，那处江湖之远的人，懂得观风，那么这世风兴起之大美愿景，便是指日可待的了。这样想，这样看，这观风山下满城温暖的幸福，就不远了。

东山绿

刘燕成

贵阳东山因林木繁多，一年四季均是绿意盎然的样子，即便到了深秋，绿的颜色也一点儿都没有减少，只是显得更为苍翠了而已，唯独在深冬，白雪落下来，盖在原来绿染的坡岭，便多添了一些白色，又因天冷，人迹稀落，而多添了一些空寂和清幽。

从夏日开始走进东山吧，毕竟夏日里的东山，方才真正称得上绿色东山。不用说这绿是如何狂放，但绿得纯正，便是其他季节无可比拟的了。东山的夏日，如若一块绿莹莹的珠盘，在城东，静静地躲着。夏日雨水充沛，正是林间草木疯长的季节，漫山的绿，换去了经年的旧色，因而这新鲜的绿，一定全都是新生出来的。山鸟也是从夏季就定居在了东山上的。这个季节，是虫鸟一年中最为操劳的时光，它们开始为上一个季节的恋爱筑巢，继而生子，抚育子女，至下一个季节山果成熟之时，巢里的儿女，翅膀儿就硬朗起来了，可以远游了。

从秋天开始，东山的绿，就犹如凝固了的水彩画。因那苍翠的木叶，将绿色深埋于体内，外表露出来的，多是羞赧而宁静的绿意，一点儿绿满山坡的狂放的样子都没有。我当然更喜欢这个季节里的颜色，当然更喜欢秋天的东山。岭间林下的野草，大多慢慢发黄，渐而枯萎，败死，这是大自然的规律，没有必要因见到这般败落的景象而心伤。当然，依然有着满径的秋菊，大抵是野生的吧，花朵很小，点点星辰一般，散落在小道周围，也有许多唤不出名儿的花朵，一些见过多次，一些是第一次相遇，我都叫不出名字来了。幼时，在山间牧牛，便是与这些花朵和野草相伴，和花草一起唱歌，一起说话，一起哭，一起笑，一日又一日这样过来了。现在，竟然又在城间的坡岭上，我们相遇了，可是唤不出对方名字来了，我是多么的尴尬，内心的愧疚，一层层叠加起来，我快要没颜面再见它们了。哪里晓得，东山的秋，花朵并不比别的季节少，且颜色繁多，在苍茫的山道里，虽柔弱，却无比的美丽，它们给头顶上苍翠的古木，添增了不少乐趣，更是给东山，泼了一地的杂色，因而这山岭，看上去并非单调，而是匿藏了不少秘密似的。

当然，秋日里的东山，也是有着秋天必不可少的黄在里面的，如黄黄的枫叶，再过一些时日，怕就是火一样红了。岭里有不少古枫，枝干粗壮茂密，这秋日一来，那一丛丛的黄，一丛丛的红，就是这些古枫变幻来的。但东山常青林居多，如水松，无论四季如何更迭，它们是一律的绿，且绿得很深，很浓。松枝比枫木更是粗壮，也更为耐寒，耐旱。东山多为裸露的喀斯特岩石，这些青翠的松枝，就是从这巨石深处横生出来的，若青云一般，挂在崖壁那边。秋日里的松树，阵阵的松香从泥石里溢出来，或者从树顶上落下来，整个东山，如同抹了一层香脂，待得你还在山下，尚未入山，可这山野里的香味儿，已经扑鼻而来了。

所以，我总是在想，明末的那个贵阳人君山先生，其少时缘何喜爱读书东山上，大抵与这山的幽香是分不开的。试想，这般清幽的读书之所，能不读出一些读书人来么。古书里有对君山先生的记载，说其因读书博广，知识渊厚，故而成为国家栋梁，任浙江吴兴知县，但因心存正义，于大旱之年助民抗租，而慷慨自刎，让人赞佩之时，亦是好不教人叹息。好在故乡的热心人，念其好学之精神，感人之节义，遂刻石"君山读书处"于山顶。如今东山上，君山读书碑仍是静静地站在原处，鼓舞着一代又一代东山之下的人们。

东山的冬，总是来得特别早。1200余米的海拔，能躲得过这早来的冬么？看那红黄相间的枫叶，越发经不住冬风的吹打了，一日不若一日多，最后，满枝的红叶都掉落了，剩得一树冷冷的光枝条。水松倒是没有褪去太多的绿，依旧是原来那绿绿的样子。山林里，鸟群的歌吟依然是清脆响亮的，登山的游客仍是络绎不绝，东山寺里的香火从春天开始兴旺到冬季。善男信女们，心怀虔诚，在山岭间，在冬风中，沿着东岭路埋头攀爬，站在很远的地方，仍可看见游山的行人，猫着腰，气喘吁吁的样子，甚是好笑。站在东山之顶，可见那天边的暗白色，似乎是下雪的样子，冷冷的冬风中，余留的满岭苍翠的绿，已经远远不如从前那般鲜艳了。翻飞的鸟群，是要等到中午时分，冬阳转暖的时候，方才遇得着的。后来我翻读有关东山的诗，发觉这冬日里的东山，唯明人徐以暹的诗写得最好，他说："东山东望霭苍苍，楼阁峻嶒接渺茫。乍听钟声浮下界，忽看日影挂扶桑。高吟索和松皆友，跌坐求安石是床。乞向此间容我老，便应倚老兴愈狂。"五十年代末，开国元帅朱德、陈毅来贵阳，曾登东山，留下诗篇。朱德诗云："登峰直上画楼台，春色满城眼底开。四面山围屋海，花溪绿水向东来。"陈毅诗云："闲步跑上东山头，贵阳全景一望收。新城气旺旧城尽，不愧雄奇冠此州。"我后来将二元帅的句子拿来与徐以暹相比，发觉元帅虽充满了英雄气概，但却少了一些内敛的东西，更无"乞向此间容我老，便应倚老兴愈狂"的平民气度和悠闲的自我陶醉感。但无论怎么说，先贤们这般优美的句子，这般豁达的心境，这般高超的修志，已让我们无法翻越，也更是无法抵达的了，想来无不是后人的一种缺憾。

记忆里，父亲曾与我一起登过东山。那一年父亲因病，至贵阳求医，夜晚借宿在东山下我的同学家里。一日，患病的父亲见得屋后的东山苍苍翠翠的，离家又不远，于是提议去爬东山。父亲病了很久，难得有此好心境，我立即答应陪父亲登山。走到半山腰，我看见山风里的父亲明显不是当年的父亲了。往日父亲走路起风，上高山，过江河，无不是雷厉风行的样子，但此时此刻，他步履蹒跚，走走停停，快要登顶时，父亲突然说，上不去了，回吧。此后，父亲便再也没有起来，他回到农村老家不久，就去了。

虽然现在，我只要抬头从家里的木窗往外望去，就可看见那绿绿的东山，犹如挂在窗台上的画。但是，只要我想到我的另一座至爱的"东山"，它已经坍塌了，心便切切生痛。

云雾山

刘燕成

云雾山是白云区最高峰,也是贵阳第一高峰。山势独特,云蒸霞蔚,峰秀林茂,气象万千。其间有千坎箐大峡谷、少乳峰、黄牛洞等可供人游览的景点。这些景点群峰鼎立,层峦叠嶂,沟壑纵横,怪石嶙峋,集石山、峡谷、峭壁、溶洞、跌水、钙华及喀斯特森林于一体。景点之间的峡谷,溪流蜿蜒,古树成林,翠竹青青,植被茂密,自然风光十分秀美。

云雾山以坡陡谷深、峰峦起伏为显著特点,其主峰海拔1659米,占地470余公顷，整个云雾山系总面积1200余公顷。登上云雾顶峰，极目远眺，贵阳、金阳、白云城区尽收眼底，新埔、水田、都拉、牛场等乡镇一目了然，给人一种"会当凌绝顶，一览众山小"之感。从山底到山顶，气候类型多样，有年年岁岁花相似，随处美景各不同的妙处。云雾山年均气温13.5℃，历年平均最高温度25.3℃，平均最低温度4.9℃，深秋入冬时节，山下或城区还是阳光明媚之时，山上已是白雪皑皑、雾凇挂枝头，成为贵阳市雾凇观赏的胜地。

云雾山麓培育了沙姥河流域及四周众多河流、水库，养育了白云、乌当两区的牛场、都拉、水田等乡镇各族儿女，孕育了方圆数十平方公里的良田沃土。云雾山麓居住有布依、苗等少数民族，民风淳朴，民族文化底蕴深厚。其主要分布在牛场、都拉、水田等乡镇的二十余座寨子中。布依族人民勤劳、质朴、热情、好客和智慧，其节日繁多，非常注重礼节礼仪，形成了丰富多彩的民族文化风情和习俗，各种礼节礼仪或是婚丧嫁娶等活动几乎都能用歌唱的方式表达和进行，"以歌明理、以歌传情、以歌代言"，蜚声省内外的布依主题歌《好花红》最为典型，《桂花生在桂石岩》《三滴水》等布依歌曲经久传唱，曲调清雅、意境优美、婉转动人，尤其是布依人的即兴和词、对歌，堪称一绝，最能展现布依人的智慧。布依人过春节、三月三、六月六、端午、七月半、中秋、重阳等节日，独具布依韵味的算是三月三、六月六和七月半了。届时布依人家走亲访友，汇集歌场，原生态古歌、布依情歌、布依山歌情调悠扬、曲词多样、热闹非凡，一片歌的海洋、布依盛装的海洋，是不可多得的盛会。游人如果好运气，赶上布依婚礼，还可零距离感受布依人结婚迎宾拦门、洗尘、开财门、酒歌、放令、逗元宝、放客等特别喜庆、引人的仪式，那蜜甜煽情的歌、那醇香的米酒、那传承完整的礼仪、那重情重义的布依人，斯情斯景，无不让人沉醉，定会叫你欲去还留。

云雾山脚连接牛场乡石龙村、兴家田村至水田镇董农村之地沟，峡谷地峰，秀美壮阔，溪水潺潺，鸟鸣涛啸，乃一处世外桃源。该地建有千坎箐水库湖泊，碧波荡漾、湖水清澈、鱼鸥翱翔、竹帆点点，蓝天白云绿树倒映，湖天一色，不知是湖在天上，还是天嵌湖中。游人赞叹："不是小七孔，胜似小七孔。"但云雾山之美景，多集中于山下牛场乡，如牛场白岩寨后山的观日峰，是除云雾山顶峰外的第二高峰，游人登顶，四周百十公里外群山、峡谷、奇峰、湖泊、村落、炊烟、牛群若隐若现。登临观日峰顶，神清气爽，看红日东升西落，顿生豪气干云、俗尘皆忘之感。白岩寨旁边，一巨型山体状似石蛙，巨嘴大张，气吞山河，摄人心魄，其跃跃欲试之态，神气活现，令人驻足流连。该寨中有红豆杉，树高十余米，树冠茂密，树腰寄生有常绿植物树种，其主干足够三个成人合围。承载了千年风霜的红豆杉，生命力旺盛，是贵阳市少有的奇绝珍稀树种。另外，寨中千年古银杏，一雄一雌相距百米，树高皆10余米，树冠均覆盖70余平方米，主干皆有四人合围之粗，两树在村口交相辉映，长相厮守，不离不弃，并长年无私地护佑着一方百姓，年年丰收，岁岁平安，被当地百姓奉为神树，敬若神明。又如牛场大林村斗府寨旁边的水牛洞、黄牛洞、响水洞等景点，可相互贯通，洞内钟乳石千姿百态，洞中凉气袭人，水流长久不息，碧潭沁心、深不可测，是休闲纳凉的最佳选择地。位于大林村后山的后龙坡，连绵起伏数里，放眼望去，一条由原始森林带组成的巨龙，驾临山巅。山林之间，一条简易游道沿着后龙坡蜿蜒至瓦窑村后山草坪，是游人开展定向越野、拓展训练及露营等活动的好去处。

云雾山及其周边是贵阳市的自然之乡、风筝之乡、生态之乡、布依民族风情聚集之乡,其山下的贵阳北郊水库还是贵阳城区用水之源,被贵阳市民形象地称为"贵阳的大水缸"。云雾山还富集铝铁金属矿、煤矿和大理石矿等资源,当地流传民谣云:"头顶云雾山,脚踏祁山河,谁人识得破,金银用马驮。"

黔灵山

刘燕成

不曾想，离开大学生活已许多年了，但在大学里的点点滴滴，依然深深地印在脑海里挥之不去。我的大学生活是在黔灵山旁的小关山度过的，本来想，好不容易走出了大山，来到这迷人的都市上学，总该可以离开大山了，但似乎前生注定，我的大学跌落在了都市的边缘。那时候很是后悔考了这所大学，心情也坏到了极点，于是邀上几个刚刚熟悉的朋友，越过小关山，爬到黔灵山顶的松林里大喊大叫，发泄心中的苦闷。

第一次爬黔灵山，是在大学军训的时候，我们搞夜行训练，晚上九点钟准时集合出发，每人一只手电筒，围绕着学校背后的那些大山一直走到黔灵山山顶，然后从黔灵公园后门返回学校。在那漆黑的夜里，无法辨别大山的模样，只知道那山是缓缓地伸向漆黑的夜空，弯弯曲曲的山道上装上了手电筒，像一条闪闪发光的丝带，舞动在山腰上。本来爬山是一件多么愉快的事，但在夜里爬，而且是有时间规定的夜行训练，那则是一项非常考验身体素质的体育锻炼了。许多女生在半路上就走不动了，糟糕的是我所在的"连"女生人数多于男生，眼见着女生一个个都要倒下了，男生们甚是着急，但队伍容不得有一个人停下来。幸亏咱山里娃，力气大，挑着重担上山下坡如行走平原。记得那天晚上，我是轮换着背着两个女生跑完了黔灵山的，最后我所在的"连"还取得了全校夜行训练第三名的好成绩。军队就是这样，靠的是团结取胜，这是大山使我领悟到的道理。

第二次爬黔灵山是在读大二的国庆节。几个考取省外大学的要好的同学从他乡回家路过贵阳，同学都问，贵阳有什么地方好耍的吗？—没办法，我只到过黔灵公园，也就只好带着同学去爬黔灵山。我们是沿着军训时走过的那条小道爬进黔灵公园的，一路上说说笑笑，谈论着各自对大学的感悟，这才使我知道，每一个人刚走进大学的时候，心里多少都是有点落魄的感觉，哪怕你上了北大清华，这样的心理照样会有，俗云"天高不算高，人心比天高"，恐怕说的就是这道理罢。可笑的是，同学们居然都羡慕我，说我能够在大山脚下的大学念书，而且学校旁边还有一座如此美丽的公园，本应该知足了。

或许是冥冥中早已注定的吧，后来我真的喜欢上了这些大山，每每月明夜静的时候，我总是喜欢踏着月色一个人爬上黔灵山，带上一支竹笛，轻轻地吹《十五的月亮》，吹得疲劳了就躺在厚厚的松叶上面，望着那浩渺的夜空里穿云而行的月亮和繁星，静静地聆听夜风吹过松林的声音和猫头鹰的哭泣，心里竟然想念起家乡来了。在我的灵魂深处，我永远不能忘记的是我的祖母，她一生中从未沾过酒，但在我上大学的前一夜，她居然高兴得连饮三杯，那一夜她对我说了许多鼓励的话。记忆里，因为母亲去世早，为了支撑那个风雨飘摇的家，祖母几乎担当了母亲本应担当的角色，在母亲去世的十多年里，一直支持着我父亲，教育和鼓励着我和我的兄弟姐妹，但在我刚走进大学还不满一个月的时间，祖母就病倒在农田里再也没有起来。每每想起这些揪心的往事，眼泪就不知不觉地涌了出来，直到听见那赶夜路的马儿"哒哒"的蹄声渐渐接近自己后，想家的心突然就消失在了夜风里，眼泪也就像被封了闸门的水没有再流出来。

好多个周末的傍晚，我一个人悄悄地爬上黔灵山，看见那些迷路的小猴在山间慌乱地一边奔跑一边失声哭泣，心就开始痛起来。这么多年来，为了自己的梦想，我一边打工一边求学，风雨中也不知曾迷过多少回路，不知遭遇了多少人的白眼，于是就索性将自己与迷路的小猴等同起来。幸运的是我最终找到了前行的方向，而那些迷路的小猴呢，它找到自己的母亲了吗？它回到自己的家了吗？

晚秋,和这片山林相遇

张冬娇

你不知道,我沿着一条山路,走进山谷,与这片山林相遇,内心有多喜悦。

四围寂无人声,只有一座连一座的山,从四面八方层层叠叠地延向远方,直到天边的一抹青黛,隐隐约约,似有还无。

如同一只飞过山林的候鸟,一抹被风吹送进来的灰尘,我的到来,并没有惊扰山的宁静,山林仿如一个高深的禅者,以千年不变之姿,默默俯视着这一切,接收着一切。或许,我来,或不来,它们早已知晓其中的秘密。

我刚进入山谷口，脚边的草地里就传来了清晰的蟋蟀声，"唧唧——"隔一会儿，又重复一声，声音短促，有水滴般的湿润、晶亮，音调下沉，留下无限况味，引人遐思。细细听去，无数这样湿亮的声音，高高低低，远远近近，此起彼伏，从路旁的草丛里、收割后的稻田里、树林里传来，在贴近地面的低空密密麻麻地交织在一起，氤氲一团，形成声势浩大的音乐海洋。空中偶有几声鸟鸣，幽微清雅，如同轻而薄的弦音在空气里拉动，是这场浩大音乐会的背景。

这个秋天，我曾经仔细聆听过小区花园里的蟋蟀声，也曾在乡下的夜晚，聆听过从窗外传来的蟋蟀声，但都没有像这次一样近距离接触如此盛大的音乐场，那"叽叽啾啾"之声，繁华而浓密，低沉而内敛，丰富的内涵更让心静谧安宁，仿佛给山们围上了一层白色花点的棉被，这温暖的棉被包容着生活在其间的人们、飞鸟、庄稼以及万物，也包容着我这个来自外地的陌生人，让我有种故乡的归属感。

与此相对应的，是满山满坳的茶花，那是一种黄蕊白色花瓣的山茶花，一朵接一朵，洁白清丽，恬淡典雅。远远望去，点点滴滴，碎碎密密，在紫红色的茶籽和墨绿的茶叶间闪耀着圣洁的光芒。山路两旁、田埂上，聚集着不知名的草儿，有齐膝高，也开着星星点点的白花，一丛丛，一簇簇，与山上的茶花交相辉映，形成花的海洋。

我就是在这样声与色的海洋里慢悠悠地行走，层层叠叠的温暖包裹着自己，身心得到极大的放松。此时，只愿静默、倾听，直到听觉虚无，心境和山林的频道渐趋融合。

路上不断地有蝴蝶，斑斓的、灰色的，翩翩而来，翩翩而去，它们和我一样，且行且憩且悠然。身旁的竹林里，一只鸟儿受惊了，"呀"的一声射向远方。一只安静地蹲在树下的母鸡，突然警惕地东张西望，然后"咯咯咯咯"地逃走，引得远处的鸡也纷纷警惕地伸长脖子。田野里的群鸭，忽地"哗啦啦"地摇着身子逃向远处。

在一个山脊口，一群灰色的山雀从田野里"扑棱棱"地扑向山脊浓密而幽深的灌木茅草里，随着我的脚步，又"扑棱棱"地飞向前方的灌木，后面的又超过前面的，像随风扬起的片片落叶，不断翻飞着，再向前翻飞着。

有狗突然出现在视野里，从来不吠，只远远地瞧着，瞧了会儿,没发现什么问题,又忙它们的去了。路的远方,偶尔出现一两个背着书包的"小不点",在齐腰高的花草里蹦蹦跳跳。从小路深处走过来的山民,眼神淳朴,也许他们并没有意识到,我和他们都是在山林的这幅画里走来走去。

神乎其神的"火焰山"

胡祖义

火焰山，在网络普及之前，绝大多数朋友都是从神话小说《西游记》中了解的，我自然也不例外。小时候读《西游记》，确曾惊呼过火焰山的神奇，天哪，绵延八百里，大火熊熊，人怎么活呀？！

一个少年读者，一旦钻进《西游记》的神话故事里，还怎么出得来呢？君不见，唐僧师徒四人，一路风尘仆仆朝西行去，何其壮哉！你是否听到电视剧《西游记》的主题曲："你挑着担，我牵着马，迎来日出送走晚霞，踏平坎坷成大道，斗罢艰险又出发,又出发。啦啦啦啦啦……"可是,就这么走着,走着,不觉一阵热浪袭来,热得难受。时值秋季,怎么会这么热呢,唐僧派悟空一打听,原来,前方有一座火焰山……

这就是我们最初认识的火焰山,它横亘在唐僧四人西天取经的路上,方圆八百里,山上寸草不生。再一打听,想要过山,非得向铁扇公主借芭蕉扇,扇灭大火后方可通过。往下读,我们便读到"孙悟空三借芭蕉扇"的故事,那一幕幕惊心动魄的打斗便由此拉开帷幕。

我青少年时期尚无网络,在脑海里,火焰山仍然只是个神话传说。直到前几年,大概因为吐鲁番作旅游宣传吧,在网上晒出火焰山的真实图片,这时我才恍然大悟:原来,这世界上还真有一座火焰山呀!它就在新疆吐鲁番盆地,虽然没有方圆八百里,却也有两百里长,二十里宽,想想看,即便在今天,这样一座火焰山,不借助特殊的交通工具,也是难以逾越的。

当网络和其他媒体一再渲染火焰山的神奇时,你很难不被打动,那么,到了新疆,到了吐鲁番,就绝不会放过一睹火焰山的机会。我就是被媒体和导游一而再、再而三地鼓动之后,才带着强烈的好奇心前往火焰山的。

现在，我终于站在火焰山前。天空异常洁净，异常蓝；火焰山整体泛红，山顶和褶皱处呈深红色，山坡断层处有一条条深红色的带状横纹。按照我浅显的化学知识推断，红色的岩石里面应该富含铁元素，可是，所有关于火焰山的资料中都没有提及，我也不敢臆断。让我大惑不解的是，火焰山表面怎么有那么多沟壑？按常识，它们应该是雨水冲刷的痕迹，可是资料显示，火焰山地区年均降水量只有16毫米，哪来的暴雨冲刷山体表面呢？难道火焰山在历史上曾经有过暴雨吗？或者孙悟空借到铁扇公主的芭蕉扇时，真的扇来了狂风暴雨？否则，山体表面的水流痕迹真的无法解释呀！

景区广场上竖立着一溜赭色的小柱头，小柱头上的雕塑按照猴子、手掌和火焰依次排列，让人立刻想到，火焰山绝对跟火分不开，也跟孙悟空分不开。可是，猴子和火焰之间立起来的手掌是什么寓意呢？象征绝对权力吗？象征对邪恶势力的征服吗？像牛魔王那样的恶魔，如果不是众天神的合力缠斗，怎么能被降伏？牛魔王之所以跟孙悟空斗法，是因为孙悟空降伏了他和铁扇公主的儿子红孩儿，而红孩儿是因要吃唐僧肉才被孙悟空降伏的，孙悟空代表着正统和正义！孙悟空大战牛魔王，成就了火焰山的大名。在火焰山景区，当然得塑孙悟空和牛魔王的雕像。

真要从景色的角度看，火焰山其实并没有什么看头，人们到了火焰山，只是想见证它的存在。在一个没有水、没有植物的地方，会有什么风景呢？偌大的火焰山下，宽敞平坦的广场上只有几尊塑像，游览，也只能聚焦在这几尊塑像上。

我想，做生意的人，尤其是炒股的人，一定喜欢牛魔王形象：好一个牛魔王，骑着一匹避水金睛兽，龙口、狮头、鱼鳞、牛尾、虎爪、鹿角，全身赤红，据说这匹避水金睛兽能腾云驾雾，会浮水，性情通灵，疑似龙族……我看它神似一头牛。你看它，低着头，挺着角，跟它的主人一样，一副桀骜不驯的样子，牛魔王带了一下缰绳，它歪着脑袋，鼓着眼睛，人们似乎能听到它粗重的喘息声。就算它不是牛，骑在它身上的总是头牛吧，而且是牛中的魔王。炒股的人，喜欢的是牛股，有劲，一直上扬，这尊塑像，表现出非凡的刚劲和上扬的力量，当然是炒股之人所青睐的。

另一处塑像，塑的是唐僧师徒四人，外加一匹白龙马，被所有游客所钟爱，围着这处塑像照相的人里三层外三层，这一群人去了，那一群人又来，塑像前总是人满为患。我想找个空档，在这处塑像前单独照一张，一直不得机会。

正是下午两三点钟。在吐鲁番盆地，上午十一点到下午四点，是气温最高的时候。刚跟"铁扇公主"照过相，心还在狂跳，加上烈日的炙烤，不管是心脏还是血管，血液都在急速奔流。那个一直困扰着我的问题又浮上心头：火焰山为什么会这么热？

原来火焰山上有自燃的煤层。由于天山一带地质活动较为剧烈，埋在地底下的煤层一旦露头，与空气接触，氧化后积热增温，便会引发自燃，酿成煤田火灾。这么说，火焰山真有燃烧着的火焰啊。当年唐僧去西天取经，路过火焰山时，也许真的遇到过大火，只是现实中根本就没有铁扇公主，也没有牛魔王，那么，关于铁扇公主的芭蕉扇，应该是我国古代劳动人民对战胜自然灾害的一种美好的想象。

在古代社会，人们对很多自然现象无法理解，便抱有一种敬畏之心，想象出很多神话故事来解释这些现象。火焰山周围的老百姓当然非常希望有一把芭蕉扇，扇一扇，扇灭熊熊火焰；扇两扇，扇来习习凉风；扇三扇，扇来倾盆大雨，从此万物萌生，风调雨顺，万民和乐。

也许，有人会嘲笑这些朴素的古代先民：幻想出这样的神话故事岂不是自欺欺人？我要问的是，面对灾难，我们如果连幻想都没有，那不是连草木都不如了吗？前不久，我在网上看到一则未经证实的消息，政府打算把雅鲁藏布江水引上青藏高原，引到新疆。到那时，火焰山的大火怕是终归要熄灭的。到那时，我们再到火焰山游览，展现在眼前的就一定是孙悟空挥动芭蕉扇大力扇过三扇之后的情景，红艳艳的火焰山一定会变成绿油油的青山！

驼铃声声鸣沙山

胡祖义

游览鸣沙山之前,导游一再强调,游览时可借助三种交通工具:一是越野吉普,二是沙漠摩托,三是骆驼。导游极富煽动性地说:"来到沙漠,不骑一骑骆驼,岂不是遗憾的事?"

是呀,来到沙漠,不骑一下骆驼,确实是遗憾,可来到沙漠,不在沙海里走一走,是不是更遗憾?我不止一次欣赏过沙漠驼队的图片:广袤的沙漠,七八头骆驼缓缓地行进在沙丘上,在洁净的蓝天背景下留下一幅清晰的剪影。这样的景象,骑在骆驼上是绝对欣赏不到的,骑在骆驼上,只能供他人观赏,只是个道具,那才是最遗憾的呢!我和妻子,当然选择徒步跋涉沙漠!

有人威胁我们:"在沙丘上行走,走三步,至少得退一步。"

我说:"别管他,走三步退一步,依然在前进!"

我和妻子不为所动。我们俩,天生一对玩家,爬黄山、爬泰山,都不乘缆车。不是不想乘缆车,须知,徒步跋涉过程中有足够的乐趣,路边的山野有许多美丽的风景,是乘坐缆车绝对看不见的。古时候杜甫登泰山"一览众山小",那是必须亲自攀登上去之后才有的豪情,乘缆车,呼呼的,几分钟到山顶,有什么滋味?

我们已经在沙海里走出好远,后面骑骆驼的同伴才追上我们。从鸣沙山牌坊出发到沙山脚下约有500米平路,骆驼载着游客,在平路上迈着轻快的步子,脖子下的驼铃清脆地响起来,仿佛在向我们炫耀:看看我们,在沙漠上行走多么轻松!骑在骆驼上的游客也向我们嗨嗨地叫喊,他们的意思是:看我们骑在骆驼上多过瘾!

越接近沙山,地上的沙子越厚,我们行进的速度明显地慢下来。身边不断有驼队经过,在平路上,我们的速度并不比骆驼慢多少,等到开始爬山时,骆驼才把我们甩下一程又一程。

湖南的老小伙小杨,身体比我好,跑得比我快;武汉的陶医生昨天生病了,今天体力不济,被远远地甩在后边。我的体力足够跟上小杨,但是,我得带着妻子,还得等陶医生,速度自然慢下来。宜都的老黎本来想跟我们一起徒步跋涉沙漠,走了一程,折转去骑骆驼了。只有我们四人相继跟着,继续爬山。

沙山上,积沙很厚,在沙山上行走,有时候脚陷进沙里尺把深,刚拔出来,流沙就把脚坑复原,只留下浅浅的脚窝。

陶医生已经落后很远,我和妻子都站下来等她。就在我望向陶医生时,一刹那,我看见一支驼队正行进在东边的沙丘上,初升的太阳从沙山顶上照过来,投映在阳光中的骆驼身上,现出清晰的剪影。阳光从驼峰,从两头骆驼的间隙,还从骆驼的腿间射过来,那一刻,整支骆驼队伍仿佛一齐沐浴在圣光里。我大声地提醒妻子和陶医生:"快看那边,骆驼,阳光里的骆驼!"

妻子和陶医生一听,顺着我指的方向看过去,两个女人不约而同地尖叫起来:"啊——"

妻子说:"好美!"

陶医生没忘了说:"叫他们去骑骆驼!"

其实我知道,骑在骆驼上也能欣赏到骆驼沐浴在阳光里的奇观,只是他们欣赏的时间很短。我们站在沙漠里,可以一直看到驼队走向远方,我们甚至可以变换方位,让驼队较长时间沐浴在阳光里。

一会儿,陶医生实在走不动了,她仰面躺在半山腰的沙地上,四肢一摊,很享受的样子。山下,不断有新的驼队走过来,到达山顶的驼队经过短暂休息之后返回山下,清脆的驼铃从远处响过来,经过我们身边时,那铃声放大,叮当,叮当……一声声,仿佛在耳边敲响,再渐渐远去。有人放开嗓子吼起来:

送战友,踏征程,

默默无语两眼泪,

耳边响起驼铃声……

哪有哭声?分明是呵呵的笑声。我知道,他唱的是降央卓玛唱的《驼铃》，与我们眼前的情景正相吻合。唱歌的人嗓子并不很好，但是，此情此景，吼两声《驼铃》，倒是挺有味。

前面的人似乎没有把歌词续下去的意思，跟着和的人又吼起来，总是吼这几句：

送战友，踏征程，
默默无语两眼泪，
耳边响起驼铃声……

为什么还唱其他歌词呢？大家要的是应景，只要"耳边响起驼铃声"就足够了。

驼队陆续远去，似乎另有人接着唱下去，我没有听他唱"路漫漫，雾蒙蒙，革命生涯常分手"这几句，倒是"任重道远多艰辛，洒下一路驼铃声"清晰地从远处传过来。

不久，我们一行四人终于攀上鸣沙山顶。

鸣沙山顶，有人正坐在滑沙板上往山下滑。据说，沙子只有在流动时，才能在风中发出呜呜的响声。滑沙的那面山坡很陡，可惜今天上午没有风，好几个人坐在滑沙板上往下滑，流沙都没有发出鸣叫声，这不得不说是攀登鸣沙山的遗憾。

站在鸣沙山上，放眼向北望去，敦煌被绿洲围裹着。天很蓝，绿洲深处有雾霭，鸣沙山一带却碧空万里。资料上说，鸣沙山为流沙积成，这一点不假，沙分红、黄、绿、白、黑五色，我们见到的主要是浅黄色沙砾。我有些不解：汉代为什么把鸣沙山称作角山呢？是不是因为这些山头都像一只只翘起的兽角？

鸣沙山主峰显得很高，虽然海拔只有1715米，但站在山顶，却有一种眩晕的感觉，这眩晕不是来自它的高度，而在于它的壁立与尖削。我想沿着鸣沙山顶峰向前走，让别人欣赏我们留在蓝天下的剪影，可是，鸣沙山顶峰的山脊宽不盈尺，踩在山脊上，有踩在雪峰上的感觉，那山脊，似乎随时都有可能塌陷，我只得放弃走山脊，改从山的东面滑下去。再说，我们还得去月牙泉呢，不能老在鸣沙山上盘桓。

同行的小杨也同意从山的东面滑下去的想法，他试着躺到陡峭的山坡上，只要不用力，身子并不会自动下滑。他再试着向斜下方滚动身体，身体也不发生连环滚动，这跟我们在泥土的山坡和石头的山坡上滚动，效果大不一样，可能是沙粒松软的缘故吧。

我忽然想,小杨躺在沙坡上也不连续打滚,想必走下山去,也不会打滑吧,就试着往沙坡上走了几步,嘿,稳稳当当的。鸣沙山主峰,山脊附近的坡度小于45°,我往山下走时,如果稍稍往沙坡上一躺,就能贴近坡面。刚开始,我脚跟着地,脚下踏出一尺多深的沙坑,身体绝不前倾,也不后仰,如履平地。哈哈,如果我们不徒步跋涉鸣沙山,怎么会有这样的体会?

幸好我们坚定不移地选择爬山,而没骑骆驼,更不去坐沙漠越野车,那种在沙山上一步一个脚印地前行,是何等快乐的体会哟!我忽然记起宋代文学家王安石在《游褒禅山记》中的一段名言:"夫夷以近,则游者众;险以远,则至者少。而世之奇伟、瑰怪、非常之观,常在于险远,而人之所罕至焉,故非有志者不能至也。"亲自跋涉鸣沙山,辛苦自不必说,可是回馈十分丰厚,非常值得!

王安石又曰:"有志矣,不随以止也,然力不足者,亦不能至也。"宜都的老黎想跟我们一起爬沙山,但是他担心体力不够,退回去了,我很为他惋惜。"有志与力,而又不随以怠,至于幽暗昏惑而无物以相之,亦不能至也。"武汉的陶医生实在走不动时,如果我们不伸出援手,给她点精神鼓励,她也很难爬到山顶的。"力足以至焉",却不尽力向上攀登,当人家看到奇异的景色后,才想着后悔,只会惹人讥笑。自己尽力后还不能到达目的地的,才会终身无悔。

我喜欢旅游,而且不太习惯凭借外力,凡景点,无论远近,都爱亲力亲为,让自己有机会见到十分奇特的风景,这次跋涉鸣沙山又一次得到验证。所以我们出游,千万别什么都听导游的,正如这次,骑在骆驼上听驼铃,远不如走在沙漠上听驼铃来劲;坐在驼峰上看朝阳,远没有跋涉在沙海上看别人骑骆驼沐浴在晨光里的剪影令人心旷神怡!

诗茶红界山

苏白

红界山，"文革"时叫红岗山，位于湖北黄陂与红安交界的蔡榨镇，临近木兰湖，此处有武汉市唯一的茶园。

武汉自古为重要茶叶集散地，但武汉本地的茶却一向鲜为人知。茶往往生于高山云雾间，得天地灵气滋养，所谓青山秀水出好茶。

我曾数次到木兰湖畔，黄陂境内的田园山水给我留下了美妙的印象，但我此前并未来过红界山，也未曾品尝过红界山的茶。

偶有机缘得访红界山，过吴家寺水库，眼前不过是一座小土丘，普通的丘陵罢了。开始之时天公不作美，阴云蔽日，似有雨意，不禁让人失望，忽而云开雾散，天空晴朗，一碧如洗，心情也为之一振，豁然开朗，而后登山观湖。

红界山看似寻常，徒步其间也有意趣。但见得蓝天白云下，茶园青绿，而树木参差，层林尽染。水库池塘、农舍田园，开阔有怡然之趣。山丘亦曲折蜿蜒，沿路或红枫或柏杨或松竹，或秀美或婀娜或挺拔或婆娑，阳光之下，姿态万千，变幻莫测，往往有画意。而山呈蜿蜒曲折之态，每走几步，便有景致扑面而来，或石或林，或水塘或屋舍，让人目不暇接。行在山中，顿感心旷神怡，而忘世俗之倦怠。

山间有一寺，寺前林木葱茏，枫杨松柏，美不胜收。有一僧飘然有仙风道骨，神态自若，堪称一景。僧人指点观景佳处，至峰顶怪石嶙峋地，但见九峰如龙，蜿蜒而下，山下木兰湖曲折盘旋，山丘沟壑，林木松池，有开阔之象、妩媚之姿、清秀之意、飞升之态。山皆五彩，枫红桐黄松青柏黛，夕阳金黄映照，如泼墨、如油彩，而木兰湖之水如碧玉、如宝石，相得益彰，大美大善。

下山，植被葱茏，有蕨、有茶、有荆棘、有野草。临山脚，有水处则景生，依景势筑小楼亭阁、牌坊、屋舍。残阳晚照，山林辉映，屋舍生光，惹人陶醉，堪称诗情画意。

偶饮得一杯红岗山芽茶，但见汤色清亮，叶片鲜绿，绿中而有春意。慢品则觉淡雅清丽，脱俗不凡，恰似木兰湖一汪出尘清水，又如红界山间之灵秀苍翠。茶，人在草木中。品茶可体验在自然中、在山林中、在云天外的飘逸和空灵。而红岗山芽茶，则是在大湖之畔、平原之上、丘陵之间，与雨露做伴，饱经空气负离子滋养，远离大气污染的绿色天然佳品了。

一道茶略清淡，而口齿生津；二道茶则有粉涩之青气。此茶偏淡，有兰之雅意，如朦胧诗、如月光、如缥缈之云彩，回甘丝丝入扣，绕舌不去，绵长有余韵，让人神清气爽。

湖北有好山好水好茶，许多非著名物产，亦有绝佳之处。风景往往在身边，美往往要靠发现。如诗的红界山，如梦的当地芽茶，当是荆楚大地、灵秀山水的一颗明珠了，期待着朋友们来踏足、寻芳、玩赏、回味。

九龙山访茶

苏白

九龙山在哪里，我一直不知道。在本地报纸上常看到此山茶叶的广告，小小的一块。有一同事讲，此茶甚好，老喝茶的都爱喝，我将信将疑，不知道是不是因为此山此茶是广告客户的原因。但本地也就两处产茶，我也一直有去探访的念头。

去年与母、妻、女看新房子，看罢无事，我提出开车带她们走走。那日风和景明，驰骋于新城区葛山下，去了附近一个山庄转了转，忽而就看到九龙山的广告半遮半掩地藏在树木下。于是沿着指示牌一路搜寻，导航仪是找不到这地方的。七拐八弯、曲曲折折走了许久，从国道到县道到乡道到村道，过了一个个池塘、水库、丘陵，问了一些乡民，终于来到了九龙山。

九龙山位于一个水库旁边，是江南丘陵地貌。鄂州无高山，山都是幕阜山余脉，从湖南、江西边界一路绵延过来，到这里已成破碎状，而且岩石风化成黄土。按照陆羽的观点，这是比较适合种植茶叶的地方，而且此处的形势有几分和杭州西湖神似，地名也带一个"龙"字。九龙山海拔大约100米，属于江南的亚热带气候，地处北纬30°左右。这是一个出产神奇物种和遍布大江、大湖、高山的纬度。风景还算清爽，山清水秀，田园渔歌，这样的地方往往出产茶叶。我定睛看去，在浅浅的云雾里，环绕水库的绵延的山丘上，果然是一株株的茶树。

信步走进茶庄，茶庄里有一棵两百多岁树龄的大樟树，遮天蔽日，树下是石凳石桌，院子里零散停着几辆车，是熟客吧，整个院落清幽雅静，不见人的踪迹。在树下歇了，看了石桌上散落着袋装和听装的茶。高声呼唤了几声，无人答应，索性拿了茶、水自己先泡一杯再说。水是装在开水瓶里的，还是八九十年代的格局，水温恰好，大约85℃，这是泡绿茶适合的温度。杯子极其简陋，是劣质的一次性塑料杯，将就用了。将一撮茶叶，慢慢投入杯底，倒了水进去，看见茶叶慢慢上下漂浮，逐渐倒立，倒有如旗如枪的架势。

这茶叶是针状的，做成紧缩的银针状，倒如梁子湖特产银鱼的口吻部，这也是鄂州地区茶叶的特殊制作方法。喝了一杯茶，感觉这是一味略清淡雅致的茶，倒如梁子湖碧玉般。味觉好似远山含黛，又如美人深浅有无的眉梢，但苦涩和植物清香是有的，其清新之气倒是主韵。那水伴着茶的清香，也显得格外甘甜，喝了几杯下去，居然是爽口爽心，全身通透了。尤其是那一院子的树荫，带着樟树独有的清香气息，四面的清风，满目的苍翠，竟让我有点微微地醉了。

茶庄只有一个女服务员，她给我称了散装的茶叶，用带有商标的铁皮盒子装了，得知我是看了广告来买茶寻茶的，她居然有几分诧异。女子介绍，这里的茶叶产量每年只有六千斤左右，大多被附近的企业、老板、机关和爱茶之人买了去，基本上是供不应求。当我问到这茶叶为何有龙井气时，女子说，这茶的品种本来就是从浙江引进的龙井茶树，用龙井手法炒制的。我想，那差不多是浙江龙井，当属于三级五级龙井，但在湖北能品到一种本地新茶，也算是不枉此行了。

女服务员说，他们泡茶使用的是本山的山泉水。难怪有些意思，饮茶，山泉水为上，水质很重要，何况本山泉水呢？

九龙山茶最大的特点就是翠绿，是一种墨翠，泡了愈发的青绿，那种嫩绿柔柔的，好像春天里刚刚睁开眼睛的花骨朵和柳芽，瘦瘦的绿，让你感受到一种人在草木中、复得归自然的情趣。

传说九龙山原本是东海龙王的九个儿子，因为犯事留在这里，形成了九座山峰。这样的故事，全国太多了，但这个水库，这座山，也算空气清新，略有云雾。想想，中国的名茶大多出自名山、大川、名湖，这里非著名风景区，产量也有限，但本地茶，本地水，也算趣味。

回去的路上，我看着农田、小山、水塘，在蜿蜒的村路上，心旷神怡。母亲和妻子一路颇不耐烦，说为了罐破茶叶，跑这么远，到山沟沟里来干吗。我笑道，是为喝茶而来，也不是为喝茶而来；是为买茶，也不为买茶。这样的山野，这样的田园，这样的时光，这样的一池碧水，这样的一树绿荫，这样内心的逍遥、怡然和安静，在行走间，我已然成了一树茶，飘摇在云雾，在水汽空蒙里啊。

是我泡茶，而时间和行走、田园和山林最终泡开了我在城市尘封的心田呀。而那些茶叶，我和黄山毛峰、信阳毛尖、罗布麻茶，乃至福建铁观音、乌龙茶等放在一起。但不到一个月时间，九龙山茶，就被父亲和我喝了个精光。父亲也是嗜茶之人，本地人本地水本地茶，可能更本能地让人亲近。

雪意庐山云雾茶

苏白

清明前后,正是出茶时节,春意萌动,我与夫人携手前往庐山。

庐山,千古名山,陶潜、李白、苏轼都曾流连于此,留下千古名篇。山麓间更有东林、西林等名寺,历代名人文士所留佳句颇多。到了近代,蒋介石在这里发表过庐山讲话,掀开了国共合作抗日的序幕。中国共产党在这里召开过著名的庐山会议,这也是中共党史上重要的事件。自汉魏唐宋,无数高人来此流连。

名山自然出好茶,尤其是高山云雾茶。

明陈襄云："雾芽吸尽香龙脂。"茶树喜阴润、温暖气候，江西九江位于长江沿岸、鄱阳湖畔，这里是长江中游最炎热地区之一。冬季短，无霜期高达三百多天，年降雨量达1341—1943毫米，雨量充沛。这种气候适宜茶树生长，庐山云雾茶被人们誉为中国十大名茶之一。

我和夫人上山时，走到山脚，领略到的是温暖如春的气候。在山腰处，有李白题诗的亭台，有一座关帝庙，一眼望去，却是层层茶田。这里也有着片片竹林，看上去风光旖旎。"顾青翠之茂叶，繁旖旎之弱条""窃悲夫蕙华之曾敷兮，丝旖旎乎都房"，古人的句子形象生动地刻画了这里的风光。

茶树生长在这样的地方，集天地之灵气，得日月之精华，饱览了山川秀色，难怪会闻名天下。到了牯岭镇，沿途才发现，松柏之上竟满是雪花，呈现出"大雪压青松，青松挺且直"之态。这时的庐山，过了山腰，越往上走，竟越是冬天的样子。庐山四月雪，这时才悟得那首诗"人间四月芳菲尽，山寺桃花始盛开。长恨春归无觅处，不知转入此中来"的真意。

上得牯岭街，觅得一酒店，只要一百二十元每宿，说是旺季得七八百，不由觉得占了便宜。房间自然附送一纸包茶，一看名号，正是庐山云雾茶。夫人生性节俭，选择的都是极经济、极便宜的酒店，这酒店所配置的居然还是原始的热水瓶。茶杯是简单的白瓷杯。我对茶具、茶叶一向并无讲究，觉得随缘、随性、随意便好。

所谓茶事，原本是万千红尘中与它的相逢，只在那一刻品得它的滋味。这便是一水间的缘分，不必刻意，不必执着，不必索求。

就好比，我在此间陋室，与夫人共枕，遇到了这一场庐山的大雪，是意外、是奇遇。而这几包陈年庐山云雾茶，自是地道，虽陈也是本地茶。而那水，自是庐山之山泉之水，以山泉之水泡本山之茶，这算得一桩雅事盛事。

投了茶，入口，但觉得此茶清淡，有山水之秀色，而汤色清亮。到二道时，则觉出其味的醇厚来，那醇厚虽无山石之韵，却隐隐有竹意，有几分花草的馨香，而窗外，雪花正密。是夜，一场高山春雪，几杯匡庐云雾，萧瑟里品绿茶，在那陈年的茶香中，我居然醉了。

次日，在牯岭边的庐山云中湖，正是毛泽东那张著名照片拍摄的所在处，有茶座、有藤椅，还有那条著名的花径。

在那里喝了一杯热茶,正对着山间的群峰,下茶的是云雾。游人稀少,满湖的雪意,有些"千山鸟飞绝,万径人踪灭"之感。不由得想起青年张岱西湖品茶之场景。有时候喝茶喝到满湖皆白,一湖无人迹,千山万水只我一人,也算意趣吧。好就好在有夫人在旁,她虽不饮茶,却愿意陪我喝完这杯茶,茶间的是热气,茶里的是人间烟火气,外面是寒气,我们都冻得发抖,心却是热的,茶也是热的。沈三白《浮生六记》曾载:"若品论云霞,或求之幽闺绣闼,慧心默证者故亦不少;若夫妇同观,所品论者恐不此云霞耳。"这也算是观山则情满于山,观海则情满于海,品茶则意满于茶,意在茶外了。

茶后,看了仙人洞,领略了无限风光在险峰。到了五老峰,在庐山植物园那里看了一溪好水,这样的山泉,用来泡茶是最好的吧。松柏被雪,山峰皆白,好一场雪。我的唇齿间还留着茶香茶韵,借着茶兴,我信手写下一首诗,诗云:"空山惊鸟语,清泉独自偏。松间无人迹,雪意拂心弦。"

华中高山云雾茶

苏白

华中颇有几味名茶，其中两味是绿茶，产于名山。

名山之所以为名山，在于气象万千，峰峦叠嶂，无穷变化，云蒸霞蔚，有云有雾有清泉，或有好茶。

庐山云雾茶干脆就以"云雾"命名。庐山多雾，山中季节变换，气候复杂。庐山茶园我是见过的，就在半山之中，向阳之地，看上去青绿得紧。茶叶看上去并不起眼，其中还要经过采茶、烤茶、压茶等工艺，才能成为我们饮用的成品。

我是在瑞昌市一个超市买的庐山云雾茶，一来超市少有假货；二来庐山景区或者会贵上许多。那茶叶，我记得是略微黑亮，成条状，如同蚯蚓蜷曲状，略有一些白毫。这茶不是新茶，我去庐山时，正是三月，这不是采茶产茶季节，谷雨清明前后的新茶才是最好的。尤其是绿茶，陈茶喝起来总有些索然无味，但这茶汤色也还清亮，还能将就。

我以为庐山云雾茶出名一半在于风景，如果在庐山晴雪或者云雾之日，在绝壁之巅或半山小亭，对着横岭侧峰、高低不同、满山青翠，呷上一两口茶，那茶里就有了自然，有了诗情，有了画意，也有了山间白云朵朵，云雾阵阵。

黄山的名茶叫作黄山毛峰，你去黄山，一路上都可以看到此茶的广告。黄山不是五岳，但自古以来就有"五岳归来不看山，黄山归来不看岳"的说法。

黄山是很大一片山脉，在黄山的外围，你就能领略到黄山那种野趣和美了。如山间多河水，河水冲刷的巨石、田园、林木等。

毛峰生长在这样美的地方，自然也就有了灵性。我在黄山品过茶，买过号称毛峰的茶叶。那茶也是黑绿色的，有着白毫和白边，泡开了后，素淡。也许不是时令吧，也许是那里的景色太浓了，以至于茶叶没了味道，更可能我买的就根本不是当地的茶。后来，那茶是自己喝了，还是怎样，早已记不清楚了，记得的只有黄山的风光。

　　黄山是一个值得一去再去的地方，如果再去，可以好好留意和品味当地的茶叶。

秀甲天下峨眉峰

朱仲祥

"青城天下幽，峨眉天下秀。"这是人们对蜀中两座名山的中肯评价。

从小便熟知李白的诗句："蜀国多仙山，峨眉邈难匹。"峨眉山峭拔云端，雄视天地，为西南一奇伟之山。峨眉山的雄秀山势，与造山运动有关。自白垩纪末的地壳运动以来，这一断层伴随着强烈的褶皱、断裂活动，开始逐渐上升，并奠定了本区地貌的基本骨架。第三纪末，由于喜马拉雅山运动，运动板块与西藏地块强烈碰撞，一次次的强烈挤压，使峨眉山山体沿峨眉大断层面向上滑移,致使峨眉断块抬升,至第四纪中期(一百多万年前)已上升2000多米,在近数十万年中,又上升1000米左右。于是就形成了一座拔地而起的断山。

其实故乡的峨眉,不是孤立的一座山峰,而是连绵起伏的群山,自古分为大峨山、二峨山、三峨山、四峨山,通常我们游览朝拜的是普贤道场大峨山,其主峰为金顶,但不是最高峰,最高峰是万佛顶,海拔3099米。

登上金顶,天空高远,寒气逼人,如置身广寒世界。来到千仞绝壁舍身崖,脚下是万丈深渊,眼前是茫茫云海,有临虚御风之感。纵目远眺,近处山峰峭立,如海上蓬莱;远处雪山横亘,晶莹剔透。相邻的瓦屋山、大瓦山如同两艘巨舰航行在云海之中,蜀山之王贡嘎山在遥远的天际闪烁着银光。因峨眉山高耸云天横亘西南,历代统治者都把其作为护卫四川盆地的屏障。

峨眉秀甲天下,源自满山绿树;满山绿树葱郁,源自良好气候。峨眉山区云雾多,日照少,雨量充沛。平原部分属亚热带湿润季风气候,一月平均气温约7℃,七月平均气温

26℃；因峨眉山海拔较高、坡度较大，气候带垂直分布明显，分别属暖温带气候、中温带气候和亚寒带气候。海拔 2000 米以上地区，约有半年为冰雪覆盖，时间为 10 月到次年 4 月。清音阁以下为低山区，植被葱郁、风爽泉清，气温与平原无大差异，早晚略添衣着即可。清音阁至洗象池为中山区，气温已较山下平原低 4—5℃，游客需备足衣物。洗象池至金顶为高山区，人行云中，风寒雨骤，气温比山下报国寺等处低约 10℃。

"一山分四季，十里不同天"的峨眉山，处于多种自然要素交汇地区，形成了丰富的植物种类和复杂的植物区系。在峨眉山一百五十多平方公里的风景区范围内，现已知拥有高等植物二百四十科三千种以上，约占中国植物物种总数的十分之一，占四川植物物种总数的三分之一。同时，全山森林覆盖率达 91%，并保存有千年以上古树崖桑、连香树、梓、楠、楞、黄心夜合、白辛树、百日青、冷杉等重要的林木种质资源。峨眉山是世界植物资源的重要宝库。

峨眉山中，最让人心动的是五月杜鹃。无论是中山区还是高山区，都有很多杜鹃树生长。一到阳春四月，满山遍野的杜鹃花便姹紫嫣红地开了，一丛丛一簇簇，组成花的海洋，锦绣般洋溢在万绿丛中，成为那个季节最美的景色。峨眉山的杜鹃，不仅多，而且品质好。

1177年，"南宋四大家"之一的范成大，从成都来到峨眉山。他行过新店、八十四盘，来到了娑罗坪，走进了一大片开满红色花和白色花的树林中。那些树木叶如海桐，又似杨梅，这就是其他地方少见的娑罗树，即所谓"娑罗鹃海"。范成大在《峨眉山行记》中写道："草木之异，有如八仙而深紫，有如牵牛而大数倍，有如蓼而浅青。"说这里的杜鹃树，花开得比牡丹还大，像牵牛花却又比牵牛花大数倍，姹紫嫣红，黄、紫、白、蓝、粉红、深红、玫瑰红各色争艳，煞是诱人。这些珍稀的娑罗或杜鹃，令人欣喜不已，范成大觉得这峨眉山的一切总是那么让人惊奇，那么不可思议。最后他感叹道："大抵大峨之上，凡草木禽虫悉非世间所有。昔固传闻，今亲验之……"

除了杜鹃，万年寺的牡丹也很有名。古代在蜀中，除了天彭牡丹，就数万年寺牡丹了。三月谷雨时节，是赏牡丹的最佳时候，万年寺园中花芳姿艳，白的如玉盘，红的似绣球，娇媚富贵，美不胜收。双开的有十株，黄的、白的各三株，黄白相间的四株，其余深红、浅红、深紫、浅紫、淡黄、巨黄、洁白，正晕、侧晕，金含棱、银含棱，傍枝、副搏、合欢、重叠台，多至五十叶，面径七八寸，有的檀心如墨。更为奇特的是，史传这里的牡丹不仅春天开花，冬天也开花，人称寒牡丹。每年寒冬腊月，万年寺就会出现牡丹与蜡梅同时绽放的胜景，令人叹为观止。

各种绿树始终是峨眉山的主宰。低山区的古木，以挺直的桢楠居多，中山区树种复杂，以混交林为主，高山区以冷杉为多。山中的珙桐有植物活化石之称，开花时节，花如白鸽栖息在枝叶间，清风吹来时迎风飞舞，非常好看。峨眉山的僧人却觉得这花长得像普贤菩萨白象坐骑的双耳，所以把它叫作象耳花。雪片般的桐花丛中，常有叉尾太阳鸟成群飞来饮露吸蜜。这种高雅的五色小鸟约10厘米长，头部长着凤凰似的绿色羽冠，古人视其为珍禽，管它叫"桐花凤"，苏东坡曾在他思乡的诗句里亲切地写道："故山亦何有，桐花集幺凤。"

金顶的冷杉最令人肃然起敬。它们置身这广寒世界，却绿意不减，从容淡定。春天来了，它们沐春风而不惊喜；冬天来了，它们迎风雪而不畏惧。它们每日聆听着梵音，早已进入"悟禅"的境界。

峨眉的秀色,不仅在于青枝绿叶、鸟语花香,更在于山中的泉水叮咚、溪水潺潺。没有水的滋润,就没有满山的葱茏。"双桥清音"是峨眉一景。清音阁地处峨眉山上山下山的中枢,与龙门洞素称"水胜双绝"。清音阁前有两大水系——黑龙江和白龙江。两条山间溪流,交汇于黝黑光亮的牛心石,展开的是一幅青绿山水画卷,浓绿重彩,精工点染。高处,玲珑精巧的楼阁居高临下。中部,是丹檐红柱的接御、牛心二亭,亭两侧各有一石桥,分跨在黑白二水之上,形如双翼,故名双飞桥。近景,则为汇合于牛心亭下的"黑白"二水。右侧黑水,源出九老洞下的黑龙潭,绕洪椿坪而来,流经十五公里,水色如黛,又名黑龙江;左侧白水,源出弓背山下的三岔河,绕万年寺而来,流经十五公里,水色泛白,又名白龙江,滔滔白浪,冲击着碧潭中状如牛心的巨石。

牛心石黝黑光亮,凝聚着两亿多年的历史和生命,任黑白二水汹涌拍击,仍岿然不动。惊涛拍石,发出阵阵轰鸣,声传四周的深谷幽林之中,恰如古琴弹奏,时而清越,时而深沉,时而激昂,任人领略"清音"之趣。"双飞两虹影,万古一牛心。"刘光第的联语，用传神之笔描绘出"双桥清音"的风韵。谭钟岳的记游诗《双桥清音》云："杰然高阁出清音，仿佛神仙下抚琴。试立双桥一倾耳，分明两水漱牛心。"月朗风轻之夜，山色朦胧，万籁俱静，唯有悠扬清越的水声，化作声声动人的清音，萦绕于空蒙的山谷。此时坐在水潭前的洗心台上，细品绝尘的缕缕轻音，让人有恍入清凉境界之感，心灵因之而宁怡、超脱，达到天人合一、物我皆忘的境界。

到了清音阁，牛心岭下的一线天不能不去。沿着黑龙江西行上山，人工栈道在江两岸迂回曲折；行至"山重水复疑无路"的纵深处，眼前出现一处奇特的天然峡谷，峡外开阔明朗，峡内险壮清凉，峡内外温差较大，感受强烈。进入峡谷昂首望去，两面险崖绝壁，直插湛蓝的天空，站在栈道上举目眺望，透过疏藤密蔓、枝梢叶尖，可以窥见隐隐的蓝天一线。崖壁最高处为200余米，而崖壁之间最窄处仅3米，只能容两人侧身而过。行走于开辟在峭壁的九曲栈道上，沿途瀑布如绢，山鸟吟唱，野花点染，怪石峥嵘，山道曲曲折折，随着溪流峰回路转，颇有"曲径通幽"之感。

"一线天"又叫白云峡，山崖、树木和流水在这里和谐共生，组成意蕴天成的山水画卷。与北方由山岩崩裂而形成的山崖裂缝奇观不同，它是由流水溶蚀石灰岩而形成的奇异峡谷。据科学考证，在大约七千万年前，由于地壳运动，地表迅速上升，河水强烈下切，从而形成奇妙的"一线天"景观。

在峨眉山十景中，有关秀色的还有"洪椿晓雨""灵岩叠翠"。以清幽静雅取胜的洪椿坪，坐落在中山群峰环抱之中。坪上云雾丰盛，古木葱茏，山鸟长吟，涛声殷殷。洪椿坪上的古刹，原名千佛禅院，建于明万历年间，因寺外有三株洪椿古树而得名，据说"大椿以八千岁为春，八千岁为秋"，算得上是树中的寿星。春夏雨后初霁的早晨，山野空气格外清新。此时的禅院内外，入目皆是霏霏晓雨，似雨非雨，如雾非雾，清凉湿润，沁人心脾。纵目四望，楼阁、殿宇、花木、山石、游人、影壁，一切都飘忽迷离，似真似幻，恍然进入太虚仙境。每当这时，我们或倚立庭院，或漫步寺外，惬意于"晓雨"的缠绕拥抱，感慨于洪椿坪清晨的缠绵多情，感叹于"空翠湿人衣"的妙处。

灵岩地处峨眉金顶三峰的后山脚下，是人们很少会去的景点。这里其实有名无寺，仅有灵岩寺遗址述说沧桑。我来到这里，总会感叹"叠翠"一词的贴切精妙。你看，近处青峰绵延起伏，茂林修竹，点缀其间；远处的万佛顶、千佛顶、金顶三峰挺拔，宛如三座翠屏横亘天际。这些画屏中的山们，山峰由低至高，由近及远，山色由绿到黛，由青到蓝，层层叠叠，渐次展开，层次极为丰富，给人以刚与柔、壮与秀相互依存的、美到极致的享受。

崇楼丽阁老霄顶

朱仲祥

位于岷江、青衣江、大渡河三江汇流处的乐山古城，绿水环绕，青山如屏。除岷江对岸的凌云山、乌尤山、龟城山、东岩，单就西岸来讲，就有白岩山、鹅子山、虎头山、海棠山等。它们连绵起伏，成为乐山主城区的"绿色心脏"或者"绿色之肺"。所以，20世纪90年代，联合国教科文组织给乐山城市的评价是："城市在山水中，森林在城市中。"

白岩山在城市西北面，是面朝城区的

一壁断岩，因其山崖呈灰白色而得名。山上林木森森，鸟语花香，远望如绿色屏障，矗立在城市的楼宇之中。紧邻白岩山的是鹈子山，也是山峦叠翠，林泉清幽。据说山的得名与鳖灵有关。鳖灵从荆楚之地来到三江汇合处，然后将他的部族骨干鹈子、莫子、车子、牟子等分别派驻四周，其中鹈子所在的开发之地就在这白岩山附近。如今除鹈子山外，乐山周围不少地方的名字还保留有最初的痕迹，如箎（鳖）子街、牟子镇、车子镇、磨子场（五通桥金粟镇）等。而嘉木幽秀、嘉篁撑绿的虎头山，则如一头猛虎雄踞在大渡河畔。不过当地村民比较务实，也将其称作斧头山。

上得山去，小路盘曲，青枝拂面，松林遍布，山花烂漫。间或有几片庄稼果园，散落在绿色坡地上；有三两人家，掩映在青枝绿叶间。城市、山野、田地和乡村，在这里和谐共处，相互兼容。城里人一抬腿就走进了乡村，乡村人一抬腿就走进了城市，这是其他城市不多见的。

穿行在山野，你还会在不经意间，发现几处汉代岩墓，空洞深邃，如沧桑的眼睛。史载，乐山地区在秦汉时期就很发达，居住人口密集。当时的土著居民盛行的安葬方式就是在半山崖壁上挖洞进去，凿成逝者生前居住房屋的样式，卧室、厨房、储存室一个都不能少，门楣、崖壁上还有精美的雕花图案，棺木旁还要陪葬一些马车、瓦罐等，富贵人家还有金银制品。岩墓结构大致可分为单室、双室与多室类型。各类型墓葬的规模悬殊，这与墓主人的社会地位、经济条件分不开。白岩山中，最著名的岩墓是濒临竹公溪的三个洞穴，分别叫朝霞、白云、清风，均宽阔高大，气势恢宏。汉崖墓是秦汉时期乐山的一种墓葬形式，与当地地理情况和风俗有关，应该与"悬棺"墓葬齐名。乐山地区的岩墓，成片集中的有麻浩崖墓、棉花坡崖墓和白岩山崖墓。据说陆游煮茶品茗的叮咚院，所用之水就是从一千年前的岩墓中沁出的。今天在乌尤与凌云之间，建有乐山崖墓博物馆，通过棺椁、瓦罐、雕塑、兵器、陶车马等一件件珍贵文物，真实展现了秦汉时期先民们的生产生活状态和战争能力。

乐山城区的最高峰是老霄顶，因其巍然高峙，万象在前，江山千里，一目可尽，故亦名高标山、高望山。老霄顶是一个相对孤立的山峰，其山直从城隅屹立，危磴从山麓起始，曲折数百级，始达其顶巅。它在城市群落和起伏山峦中，临江而立，拔地而起，有孤芳自赏、卓尔不群之姿。站在山巅举目四望，有三江来仪、群山簇拥之势，堆碧叠翠、气象万千之感，仿佛汉嘉山水灵秀之气，全都汇聚于老霄顶一山，故素有"府之主山"的美称，其实是说它是嘉定府城的主峰。范成大在《吴船录》卷上称：万景楼"在州城，傍高丘之上。汉嘉登临山水之胜，既豪西州，而万景所见，又甲于一郡。其前大江之所经，犍为、戎、泸，远山缥缈明灭，烟云无际。右列三峨，左横九顶，残山剩水，间见错出。万景之名，真不滥吹。余诗盖题为西南第一楼也。"

万景楼位于万寿观南面，现存万景楼为清嘉庆年间重建，重檐歇山式顶，屋面盖琉璃瓦。四柱三开间，建筑面积140多平方米，其规模仅次于万寿观。灵官殿位于万景楼西南，1813年建于古代石砌城墙的城垛上，中间砌券拱门，造型浑厚，殿宇庄重。灵官殿在城门上，单檐歇山式木结构，台梁式五架梁，面阔三开间，古朴典雅，小巧玲珑。

老霄顶一带，自古种植了许多名贵花卉，比如初春盛开的海棠，寒冬吐蕊的蜡梅，金秋绽放的桂花，三月落霞的桃树，等等，一年四季都有花开，江风一吹香气袭人，故山下的江边建了一座城门名"来薰门"，这是对老霄顶花香飘散的赞美。

自古以来，许多文人雅士来到嘉州，都要登临老霄顶观景赏花。他们把酒凭栏，临虚纵目，东可望三江奔流，大佛崔嵬；西可望峨眉飘渺，如云天一抹。春可赏山脚的海棠，冬可弄山上的梅花，夏夜月下聆听蝉鸣，重九登高把酒赏菊。如此江山如画，不觉诗思如涌，才情勃发，留下不少诗章。

而今的老霄顶，虽饱含沧桑，却依然风景独秀。

从乐山名胜叮咚井登山，沿乐山文庙宫墙外的步行道，便来到一座古朴山门。山门全由石头堆砌而成，整体为古代烽火楼的造型，呈现淡淡的赭红色。再沿着山门两侧的阶梯上去，一座葱绿的山峰便出现在眼前。这就是有着一千五百年历史文化的老霄顶。

通向山顶有两条道，一条是古代修筑的石阶，盘盘曲曲地穿行于绿草之中，石梯经历千年风雨，棱角已经被磨损了不少，且两边的石栏上布满苔藓，石缝里生长着杂草。另一条是近年修建的九曲游山栈道，由木质护栏和水泥平台相连接，悬空在山岩之外的林木之中。路边生长着粗可合抱的桢楠和香樟，树干挺直，藤蔓披拂，枝叶繁茂，隐天蔽日。它们的树龄大都在百年以上，有的已有上千年的历史。林中夹杂着纤细的绿竹和茂盛的灌木，闪烁着丛丛野花，共同营造出一块清静之地，仿佛都市中的世外桃源。

　　山顶为一平台，也生长着不少参天古树，多为珍稀的润楠，间杂着近年新植的桃树、海棠、桂花、玉兰等，给老霄顶的绿意增添了几许别样的色彩与风情。平台中间有石砌的水池，游弋着几尾锦鲤；两三方园囿簇拥着楼阁，里面开放着一丛丛菊花，点缀着四季开放的杜鹃。而古代留下的万景楼、灵官殿、万寿宫等建筑，就掩映在葱茏的树木之中，殿宇轩昂，气势不凡，飞檐翘角犹见昔日风流，雕梁镂窗依稀昨日风景。虽然如此，毕竟春来冬去，沧海桑田，时间流逝的同时，曾经的辉煌也会老去。一些枯黄的落叶填满了瓦楞，由此生长出几茎衰草和藤蔓。那些潇洒典雅的楹联、匾额也不知去向，只留得寂寞而色彩斑驳的檐柱，回忆着往日的辉煌。走在经历了风雨沧桑的石级、廊檐或道观之间，眼前的景象让人有既清晰又模糊之感。清晰在于这一切都实在地存在着，古树、石径、道观、轩榭，却又不是记载中的模样，我确切地感受到今天的老霄顶，再没有了昔日的那份风雅，更没有了往昔的壮丽辉煌，这似乎印证了南唐皇帝李煜的绝唱："雕栏玉砌应犹在，只是朱颜改。"

当你站在万景楼中凭栏俯瞰，一片琉璃覆顶的建筑物铺陈在山下，那就是保存还算完整的乐山文庙。文庙最初建于唐朝武德年间(618—626年)，当时的地点是在乐山城南与大佛相对的育贤坝上。由于水患和其他原因，经宋、元、明三次搬迁，直到天顺八年(1464年)才定址于今天的老霄顶下。现存文庙为清康熙时张能麟重建，尚存泮池、棂星门、圣域、更衣房、执事房、名宦祠、乡贤祠等十五座古建筑，形成了宏大巍峨的古建筑群。文庙建筑群，坐西向东，依山就势，渐渐升高。其中大成殿为主体建筑，系单檐歇山式屋顶，屋面覆盖琉璃筒瓦，鳌角飞翘，庄严古雅。左右庑殿系单檐歇山式，穿斗木结构。

文庙前面是嘉州名胜叮咚井，又名方响洞，有清澈泉水自洞中流出，发出清脆悦耳的叮咚鸣响，故名。传说用叮咚井之水沏茶，味道醇香。岑参、陆游等诸多文人墨客都曾在此煮茶品茗，至今还留存着黄庭坚题写的诗句："古人题作丁东水，自古丁东直到今。我为更名方响洞，信知山水有清音。"

再往前，就是古代州府署衙旧址。从山顶到署衙的这段绿色侵道的曲折山路，晚唐的女诗人薛涛走过，落寞的嘉州刺史岑参走过，宋朝的山谷道人黄庭坚走过，南宋的四川军政长官范成大走过，主政嘉州的陆游走过。风华正茂书生意气的郭沫若,求学时无数次走过;"九叶诗人"陈敬容和"中国第一比丘尼"隆莲法师,少女时更是一遍遍走过。

　　走过的人早已远去,连同白岩山、鹚子山岩墓中的故事。而不变的依然是叠绿堆碧的绿林,是拂过面颊的徐徐江风,是道观上年年筑巢的翩翩紫燕,是山下滚滚滔滔的三江流水……

神秘秀美大风顶

朱仲祥

地处马边境内的大风顶，雄踞在大小凉山之间，以其卓尔不群的风姿、纯美神秘的芳容，成为马边人民"心中的女神"。

出边城，沿马边河而上，两岸高山耸立，岚雾蒸腾，如给女神披上的神秘面纱。过白家湾，上暴风坪，穿斯泽达，来到大风顶脚下的牯鲁包时，大风顶就在眼前。向上眺望，山势挺拔，林木葱郁，大风顶的最高峰直插云霄，挑战似的俯瞰着人们。而它海拔4000多米的最高峰，却藏在一片云遮雾绕之中，不见庐山真面目。

比峨眉山还高出千米的大风顶，在众多的蜀山神女中也算得高挑了。它地处四川盆地和云贵高原的过渡地带，西邻美姑，南接雷波，呈一狭长地带，东西宽15公里，南北长37公里，总面积3万多公顷。大风顶属华西雨屏带，气候垂直变化明显，山势陡峭，高低悬殊，植物垂直带谱明显，完整地保存了从亚热带山地常绿阔叶林至高山草甸等多种不同的森林系统类型。动植物资源极其丰富，是世界上亚热带山地动植物资源保存最完整的地区之一。已记录的高等植物有近两百科，两千四百多种。已记录的动物种类有五千多种，其中有珍稀动物大熊猫、牛羚、小熊猫、豹、猕猴、红腹角雉、白腹锦鸡、白鹤等三十余种。珍稀植物有珙桐、银杏、连香树、红豆杉等，还盛产天麻、贝母、牛膝等名贵药物。

在女神温暖的怀抱中，生长着幸福的万物精灵。保护区地处中国西南山地地区，这里是全球生物多样性保护二十五个热点地区之一，是大熊猫生活的一块宝地。保护区内现有的野生大熊猫占整个凉山山系大熊猫总数三分之二，并与相邻的美姑、峨边、雷波等地形成独立的凉山大熊猫野生种群，既是野生大熊猫生存繁衍的重要地带，又具有与邛崃山系和岷山山系不同的特征，成为大熊猫野生种群和遗传多样性保护的关键区域之一。赠台的大熊猫"团团""圆圆"就是从大风顶送出去的。

还有比它俩更早下山的熊猫。1986年，春暖花开时节，山岚轻拂，天高云淡，小凉山上一片秀丽的风光。这天一大早，一只年轻的雌性大熊猫来到苏坝乡白阳槽村大埝组云盘儿山中，它憨态可掬、优哉游哉地尽情享受着大自然的美妙，虽然感觉环境陌生，也没在意。忽然它发现一丛茂密的大叶筇竹，竹下嫩笋密布，如此美食诱惑着它，它欢叫一声跑上前去，掰下一棵棵竹笋猛吃起来，美滋滋，乐悠悠。不料被村民发现，引来一阵围观。熊猫受了惊吓，夺路而逃，不料跑到一处名叫狮子头的地方，四脚陷进一片沼泽地不能动弹，被围上来的村民捉住，费尽周折抬下狮子崖。熊猫被救回县林业局，经过兽医仔细检查，它虽然受了伤，但身体状况不错。后来县林业局将其送进了成都大熊猫繁育研究基地。因为它是在苏坝乡被发现的，所以为它取名为"苏苏"。

苏苏一出山就成了明星。1987年6月苏苏出访荷兰，在公园亮相时，荷兰贝纳特亲王和前女王朱丽安娜乘专机前来出席，并亲自主持开幕式，升起了纪念旗。世界野生动物基金会荷兰分会主席诺特维·范卫恩夫人在开幕式上宣布，从该日起，荷兰发起为中国大熊猫募捐活动。后来苏苏成了众多熊猫的母亲和祖母。在它的子孙中，最有名的有两个，一个是它出生于1992年的儿子，巴塞罗那奥运会开幕当天，国际奥委会主席萨马兰奇给了它一个响亮的名字——"科比"；另一个是它的孙女、科比的女儿"晶晶"，北京奥运会福娃"晶晶"就是以它为原型的。

离开大熊猫保护区，再往前攀登，便来到神奇的"阴阳界"。这里以狭窄的山脊为界，南面云蒸霞蔚，雾涛汹涌，山峦时隐时现；北面却是晴空万里，树木茂盛。人们面对这一景色，不能不感叹大自然造就的奇观，真的是"一山两重天"。翻过阴阳界，但见古木参天，山花烂漫，山峰峭立，怪石嶙峋。因海拔较高，虽然山下夏天已至，花期已过，但这里的杜鹃花却开得满山遍野，让你又一次回到春天的怀抱，感受浓浓的春意。

攀缘到一个彝语叫"觉罗豁"（汉语：雄鹰歇足的地方）的山梁，这里的海拔为3150米！我们到达觉罗豁，便选择留在此地，在一牧羊棚里歇息过夜。吃着窝棚主人做的羊肉和米饭，听着彝族老人讲彝族神话"阿西美美"和大熊猫的传说，听他给我们唱起彝族情歌。老人忧伤的曲调令人感伤，在这高寒之夜，别有一番滋味。

翌日天明，收拾行囊，我们开始了攀登觉罗豁顶峰的艰难冲刺。

在路边的冷杉林中，经过的人们会发现树干上绑着一种盒子式的机关，这就是为拍摄大熊猫活动情况安装的红外感应相机。据媒体报道：2012年4月的一天，高卓营保护站工作人员按计划前往相机安装点采集数据，却发现牢固绑在大树上的相机不见了。这里山深林密，人迹罕至，谁会跑来偷相机呢？他马上仔细查找，最终在30米外发现已被毁坏了的相机残骸。幸运的是，储存卡还在，而且数据没有受损。经四川省林业厅野保站专家鉴定，确认拍到的就是大熊猫。人们这才恍然大悟，原来毁坏相机的"罪魁祸首"，居然是国宝大熊猫。储存卡显示，刚开始时，大熊猫在相机镜头周围徘徊。不久后它发现了相机，不仅将脸凑到镜头前，还强行把相机拆下，当成了自己的玩具，最终将相机毁坏，扔到了附近树林中。

在海拔3000多米的大草坪附近，一片茂密的原始森林突然出现在眼前，荆棘丛生，冷杉林立。在崎岖山路和蔽日的密林中行进，奇花异草不时拂过眼帘。林中生长着一种大风顶特有的竹子——邛竹。西汉时期，出使西域的张骞在中东地区，发现有通过南丝路贩来的蜀锦等商品，其中的邛竹杖，就是这种来自马边的邛竹，当地人形象地称作"大节竹"。今天邛竹杖已不再是馈赠友人的佳品和达官贵人显示身份的象征，邛竹林已经成为这里熊猫的食物库。经专家调查后估算，大风顶的野生邛竹很多，分布在附近的高卓营、永红等几个乡镇，是大风顶熊猫的主要食物来源。因此在脚下这片茂密的原始森林中，偶尔会发现被大熊猫掰断的竹笋和它们留下的含有很多竹纤维的粪便。

走出这片长满木耳和邛竹的森林，爬上海拔3700多米的觉罗豁顶峰，才认识了什么叫"雄鹰歇足的地方"。站在峰顶远眺，起伏群山匍匐于脚下，真的是一览众山小；漂浮的山岚清新透明，似涓涓细流洗濯山峦；天空苍茫邈远，空旷无垠，云天相接，蔚为壮观。

来到大风顶山巅，举目四望，天高地阔。大风顶之巅是一块平地，有5万亩杜鹃花海，10万亩高山草甸。杜鹃花的数量之巨，品种之多，色彩之繁，实属罕见，其中最大的杜鹃花堪比荷花，而最小者如纽扣一般。五月里姹紫嫣红，分外妖娆。一池碧水嵌在草甸之中，水面平静，水质清澈，如仙女不慎丢失的铜镜，明净的水面纤尘不染，清晰地倒映着蓝天白云，这就是令人神往的高山湖泊"月亮海子"。海子边草甸上，羊群满山如星星散落，夹杂着悠然吃草的牦牛，纵情撒欢的骏马，纵目望去尽是无边的草原风光，恍惚间宛如来到天山牧场。三三两两的彝族阿咪聚在一起，她们的百褶裙如花一般，在夏天绿色的草甸中绽放，花丛草甸中不时传来她们愉悦的歌声。

但大风顶果如其名，寒风凛冽，刺入肌肤。幸得有遮风挡雨的牧人家可以借宿，有木炭红红的火塘可以取暖，有彝乡甘甜的泡水酒和浓烈的苞谷酒可以御寒。夜间无事，当地的老麻苏（彝语：老人）会给你讲述大风顶的诸多神秘传说。借着几分醉意，我们酣睡在海拔近4000米的大风顶之巅，眼望帐篷外面的繁星闪烁，如欣赏着女神身上佩戴的珠玉瑶翠；耳听着远处吹来的阵阵林涛，似聆听女神动人的歌唱。哦，大风顶，你就是天地灵气孕育的美的化身，是小凉山人民心中的女神！

雄踞丝路五指山

朱仲祥

古老的沐源川道,是南方丝绸之路重要的一段,而位于沐川南面的五指山,则是行走沐源川道必须翻越的一座山峰。五指山地处四川盆地西南边缘、乌蒙山西北部,位于大渡河、岷江、金沙江腹心地带,属于小凉山支脉,算是那个区域内的第一高山,因而成为沐川与屏山两县的界山。

沐川五指山与海南五指山虽相隔千万里,却有异曲同工之妙。一样的山势起伏跌宕,雄峻崔嵬,山峰高耸入云,奇伟挺直,如伸向天空的五个手指,故而得名;

一样的森林茂密，绿意葱茏，生态良好，有"天然氧吧"之称，如一块巨大诱人的绿宝石镶嵌在大地上；一样的动植物资源丰富，拥有珍稀水杉、桫椤、珙桐等树木两百余种，大熊猫、大鲵、小熊猫等珍稀动物上百种。

雄峻是五指山的气魄。它海拔1500多米，山峰崔嵬，山崖高挺，傲立蓝天，雄视大地。它属于丹霞地貌，在四川极少看见，远望五指山诸峰，在层层叠叠的绿色之中，偶尔会见一山峥嵘，丹崖峭立，色彩如霞，绚烂壮丽又古朴凝重。五指山山势陡峭，道路盘曲，自古以来蜀道艰难，大有"难于上青天"之势。在山脚隧道没有贯通之前，无论古驿道还是新修的盘山路，都要在曲折的山路上艰难攀升，行走其上如登天梯。因其高耸峭拔，气候与山下大不相同，山下已经是春暖花开，山顶依然是大雪覆盖。不过冬天到五指山看雪倒是很好的选择。那满山遍野的白雪，一片晶莹洁白，起伏的山峦如银龙腾跃、大象奔驰，好似北国风光。

但雄峻只是五指山山形的主要方面，它也有灵动出奇的一面。在沐川竹海深处，有一个叫箫洞的景点。传说当年八仙各显神通，精修仙术、善吹箫的韩湘子见万顷竹海，便降下云端，看能否找到适合做箫的竹子。韩湘子见似乎每根竹子都可以裁截为箫，一时无所适从，只得在箫洞里暂住下来，每天削竹弄箫，谁知，这一住就是三年。传说归传说，箫洞却是蜀中不可多得的一处精巧景致。穿过一条被桫椤树和其他植物簇拥的山谷，来到山谷的顶端，便见一壁丹崖横陈在面前，一条硕大的白色水练从高深莫测的空中直泻而下，大有"飞流直下三千尺，疑是银河落九天"的气势，水声浑厚、悠远、飘忽，飞珠溅玉，雨雾扑面，清凉惬意。尤其是山崖造型奇特，呈陶罐状，前、左、右三方百余米高的陡峭山壁，以瀑布为圆心向内合围，整个箫洞形成一个巨大的圆洞，内中空阔宽大，出口狭窄。竹木由下而上，见缝插针，贴岩而生，郁郁葱葱，像是一支绿色的队伍在努力向上攀登。三面山壁的上部岩石向外凸伸，三五米、七八米不等，半腰处向内凹陷，形成一条宽二三米、高近两米的天然走廊，成为箫洞的天然观景台。据专家讲，壁上的岩石叫马牙石，呈红褐色，一层一层地被地壳运动挤压而成，用手一掰，即掉落一块，质地并不紧密。更为奇特的是，在近百米的高度，那一挂瀑布激荡而下，正巧泻落在湖中的千年龟石上，不偏不倚，巧妙天成。如是中午时分，瀑布在龟石上激起的水雾，会折射出七彩虹霓，绚丽神奇。

在箫洞口有幽深洞穴，掩映在青枝绿叶、杂树飞花中。向里看似乎深不见底，站在洞口凉风习习，好似桃花源的入口。洞子通向另一处佳境，不时有穿着朴实的山民，从洞子中走出，真如来自桃花源一般。洞子外峭崖下有清澈水池，娇小可爱，所以这洞子名曰"水月风洞"。据说像这样的溶洞，在五指山区还有几处，但造型与成因却各不相同。比如罗锅凼，整块山崖巨石被千年水流缓慢冲刷成冰川遗迹模样，坑凼相连，大小不一，沟回曲折，下通暗渠。比如黄丹溶洞和张村溶洞，洞内钟乳垂挂，岩石嶙峋，千姿百态，令人称奇。

五指山的灵动，更体现在数万亩竹子上，来这里赏竹、咏竹，不亦乐乎。紧挨五指山主峰，有一片享誉蜀中的竹海。走进这片绿竹的海洋，只见莽莽苍苍、无边无际的全是翠竹。它们或生长于山峰，或深藏于山坳，或摇曳在溪边，或飘舞于崖壁；它们或与桫椤为伴，或与古树为伍，或与山风共舞；它们挤挤挨挨，成林成片，那样铺天盖地，势不可挡。置身竹海，只能任其淹没，让自己的身心来一次绿色的洗礼，使灵魂得以纯净。永福镇的这片竹海，大多是修长柔美的慈竹，品种稍显单一。也许是这片丹霞地貌，最适合慈竹的生长。

宋朝一名叫乐史的人写过一首《慈竹》："蜀中何物灵,有竹慈为名。一丛阔娄处,森森数十茎。长茎复短茎,枝叶不峥嵘。去年笋已长,今年笋又生。高低相倚赖,浑如长幼情。"赞美了慈竹不争不怒、宽厚仁慈的谦谦君子品德。

而凉风口的水杉林边,也有一片竹林,竹子的品种与永福竹海大不相同。这里也叫芹菜坪、黑熊谷,也许是土壤和气候的原因,这里除保留了大片的原始森林外,其边缘地带生长着不少翠竹。这里的竹子,有纤细柔弱的水竹,有潇湘泪洒的斑竹,还有粗壮如椽的毛竹。水竹大多生长在山谷溪边,而斑竹和毛竹则生长于山坡,山上山下共同组成竹漫山谷、竹浪翻卷的磅礴气势。密竹林下的水池里,常会听见弹琴蛙叮叮咚咚的鸣叫,给竹林增添了幽深宁静之氛围,不由让人联想到峨眉山万年寺关于绿衣仙子的美丽传说。

竹海深处的碧海丹霞处,有个叫"五里横"的地方,一条曲折而窄小的古道,雕刻在壁立的丹崖之上,古道下面就是百米深谷。这就是连接岷江流域和金沙江流域的古驿道,也是著名的沐源川道的必经之路。古代无论战争或者经商,无数征夫或者商贾,都在五里横留下了深深浅浅的脚印。距五里横不远有古代军事要塞遗址"三言寨",史书记载这是三国时期诸葛亮南征孟获叛乱屯兵的营寨。当初诸葛亮南征，选择在僰道（今宜宾）的沐源川道上建一屯粮之所，部将杨仪领命而来，见石头岭山岭连绵如苍龙腾跃，山势耸立地势险要，最终选在这里修建要塞。取"三言"之名，是依道家的教义，即一生二，二生三，三生万物，有吉祥寓意。据说三国战将赵云首次擒获孟获的地方，就在沐源川道上的沐川境内。如今沐川境内诸葛亮南征的线路仍清晰可见：徒步灵官堂，爬上黄连坡，经过铜罐寺，走过白果庙，涉过烂泥潭，翻越五指山，穿越老关雕，下到老河坝……

　　五指山还有一处古寨子"白岩寨"，在五里横以北。这是建于南宋时期的军事要塞，其崖壁呈灰白色，故名白岩，也是古栈道穿越的地方。白岩寨四面皆崖，易守难攻，南宋当局选择在这里建立军事堡垒，确实是用心良苦。后寨子荒废，明代朱元璋为实现边疆安宁，又在原址上重建，作为明军的军事中转站。据记载，寨子防御工事完整严密，四面有厚厚的围墙护卫，寨门上有高高的门楼，放置着土炮和滚石等，寨子外建有烽火台，一旦发现敌情就会点燃烽火，关闭寨门，死守关隘。如今，寨子还有寨门和断壁残垣，崖壁上刻有数幅军事征战图，攻防线路历历在目，可以作为当年战火硝烟的凭证。

这里树林茂盛，景色优美，不仅有红豆杉、相思树等珍稀树木生长，也是猴居士们聚集的场所，一只只小猴子窜上窜下，活蹦乱跳，俨然孙悟空游戏花果山。

五指山不是无情物，它不仅雄峻、灵动、厚重，而且多情。山中有一处突出的山崖，壁立的山崖如刀劈斧削一般，山崖之下一马平川，屋树生烟，这便是"了情岩"。这里流传着一支生死恋歌。传说古代有对情侣，青梅竹马，两情相依，不料遭到父母反对，棒打鸳鸯。二人绝望之余，便相约来到陡崖之上，纵身殉情于山谷之中。后来人们感动于这个故事的凄美，便把这处山崖称作"了情岩"，在山顶建起了"了情寺"。

沐溪河畔的五指山，是一扇翡翠雕琢的玉屏，矗立在岷江与金沙江之间，矗立在历史与现实之间。啊，五指山，山岩是你的脊梁，绿色是你的魂魄！

第二辑

涉绿水

苍茫之水

邱玉超

就像水能载舟也能覆舟一样,水滋润着生命,也威胁着生命。与长江水的苍茫、辽阔、深邃相比,人显得如此脆弱与渺小。

那是一片苍茫之水,在生命的尽头给人温柔的拥抱,让流动的时间戛然止息。七十多年前的1933年12月5日清晨,由上海开往南京的吉和轮逆流而上,滚滚长江波光粼粼,浩浩东去。船舷旁,诗人朱湘喝下半瓶红酒,高声朗诵海涅的一首德文诗后,纵身跃入江流。一个最喜欢屈原的诗人，追随着伟大诗人的灵魂决绝地去了，给世人留下一个飞翔的背影以及无尽的哀伤和惋惜。也许命运早就注定了这个结局。诗人多年前曾吟哦："葬我在荷花池内／耳边有水蚓拖声／在绿荷叶的灯上／萤火虫时暗时明。"（《葬我》）诗人早就预知了自己将融入水中，这样激情流动的水更适合他不羁的性格。

朱湘是天生的诗人，恃才傲物，性情乖戾，终日寡言少语，沉湎在诗的空间里，与现实格格不入，与周围的人逐渐隔阂疏离。"每天二十四小时都想着写诗"的朱湘变得敏感而偏执。《采莲曲》是乐府诗旧题，又称《采莲女》等，为《江南弄》七曲之一。古人写《采莲曲》的很多，王昌龄、李白、白居易等名家都写过《采莲曲》。现代的《采莲曲》，属朱湘的最著名。

小船呀轻飘，
杨柳呀风里颠摇；
荷叶呀翠盖，
荷花呀人样娇娆。
日落，

微波，

金丝闪动过小河，

左行，

右撑，

莲舟上扬起歌声。

  日落时分，晚霞镶金，杨柳依依，荷叶田田，河中荡漾着美丽女子的歌声。诗的开篇用民歌一般纯粹的语言，描绘出一幅充满浓郁水乡风情的采莲图。色彩艳丽明快，格调古典雅致，静中有动，动中有静，洋溢着一股和谐美。

  朱湘为什么要在日落黄昏的时候去采莲？（古今众多的采莲曲中，只有唐代刘方平的《采莲曲》是写黄昏采莲的。）在诗人的特立独行背后，隐藏着作者难言的苦楚。夕阳西下，孤舟采莲，总是显得有些孤寂与哀伤。

菡萏呀半开，

蜂蝶呀不许轻来；

绿水呀相伴，

清净呀不染尘埃。

溪涧,
采莲,
水珠滑走过荷钱。
拍紧,
拍轻,
桨声应答着歌声。

蜂蝶不扰的纯洁的绿水,是诗人内心的宁静,清静的不染尘埃的荷,是诗人不俗的品格。人生是不能够完全被物质占据的,总应该留有一方净土任诗意生长。

升了呀月钩,
明了呀织女牵牛;
薄雾呀拂水,
凉风呀飘去莲舟。
花芳,
衣香,
消融入一片苍茫;
时静,

时闻,

虚空里泉着歌音。

生活的窘迫,灵魂的孤立,让诗人无路可走,只能选择隐遁与逃离。诗人驾着孤独寂寞的生命之舟,徘徊在忽明忽暗的夜色中,穿行在人情的薄雾与世俗的凉风中。在袅娜的歌声中,一切的美好、希望都消融入苍茫之水,投入一片虚空。

水的柔软与包容让孤独的生命有了依赖感与归属感。国学大师王国维投昆明湖自杀,作家老舍投太平湖自尽,在诗人顾城、海子自杀后,青年诗人戈麦也自沉于北京西郊的万泉河……

"星宿死了,它们的灵魂,仍然灿烂着光明。"这是朱湘写给那些无端逝去的诗人,也是写给他自己的墓志铭。

恋在黄河口

邹安音

遥远的东方有一条龙,她的名字叫黄河。

梦中向北,有条澎湃的大河,在我的血液中一直奔流,星夜兼程,生生不息;梦里向东,有条腾飞的巨龙,气势宏伟,形体威武,鹏程万里。在天与海相接之处,在地与海亲吻的地方,在江河扑进母亲怀抱的那一刻,在一个叫东营——黄河口三角洲的芳汀中,我的梦想就此延伸、拓展……

去北方,去西部!依依梦魂,瑰丽神奇。袭一身江南春雨的草青色,缠一缕南方丝竹的悠扬音，踏破梦里的声声驼铃，越过漫漫的风沙征程，我看见无垠的青藏高原上泉流汩汩，鲜花初放，碧霁蓝天；我变成藏地高山湖泊清澈明净的一尾鱼儿，游弋在广袤的大地之上，憧憬着海的梦想……我在离云最近的人间天堂，舞出一个河神般的精灵，还给这块土地一个美的微笑，一个圣洁的拥抱，一个梦幻般绮丽的色彩和未来！

一梦四十年。我像极了一只织茧的蛹，把课本上、故事中、作文里的黄河片段拾掇，把江南所有的柔和美融化到对她的情怀中！我是她洒落江南的一滴水吗？就那样倾听着母亲河的心跳声，踏歌而来。从西宁往青海湖，沿着青藏公路探秘，"倒淌河"的路牌名字牵引着我。远处的雪山若隐若现，于高原五彩经幡颂歌后，圣洁得像一朵朵洁白的莲花。一团团可爱的小绒线球滚过来，原来是咩咩叫的小羊儿啊。车窗外，片片白云飘浮着，在蓝空下优雅地忽而聚合又散落，骄傲地俯瞰着草原，亲吻着日月山；盈盈水光反射着蓝天，在草丛中碎银般闪烁，铺陈开去，竟然涓涓而成了母亲河——黄河的源头！

那一刻，我张开双臂，跑过羊群，飞扑泉流。如同触摸母亲的额头，包括她的发丝、肌肤，还有心灵！雪山无言，大地无语，河流汩汩，我在颤抖。一条河的生命在此诞生，一条龙的脉搏在此律动，震颤了山川五岳，撼动了东海的心魄！

但龙的心事像高山，蛰伏在喜马拉雅，只静静地念想着山里山外的世界。山外的世界又如何？在荒无人烟的高原，在寂寥孤独的荒漠里，在偶尔闪现的一棵或者一丛沙枣树处，从青海到甘肃，再到宁夏腾格里沙漠，沿着母亲河——黄河向下，我追寻着绿的色彩，我呼唤着雨露的名字，我想要嫩绿的枝叶抚过我焦渴的嘴唇。

久渴的荒漠终于等来了一场绿色的"春雨"，点点滴滴敲打着我的心窗，也温润了游弋而来的巨龙。当九曲黄河蜿蜒而至宁夏沙坡头时，江南的风情就一路摇曳而来。这里有稻禾的清香，也有枣泥的甘甜；有白杨林的婆娑，也有江南竹的丝韵；有芦苇荡的清灵，也有玉米林的葱郁。风吹来枸杞树的芬芳，马兰花迎送着南来北往的游人……南北方风物和文化也在这里交融，龙仰首，不禁遥望着贺兰山沉思，她由此越发沉静和内敛了！

我伫立于塞上江南的碧波之上，看着大河从青藏高原汩汩而出，一路欢歌而下，给予两岸物华和丰宝，内心膜拜着她的精神和气质,诚如我从小长大的江南记忆,也如我惊艳花开洛阳的妙丽和神韵。

车过洛阳。只一瞥惊鸿间,一湾练绸般的大河淌过心田,也丰盈了我的眼眸。这是黄河?她是黄河!不见了迢迢征程的疲乏,消却了漫漫风沙的侵蚀,清澈、碧绿,如翠似玉。她更像一位风姿绰约的少女,怀抱琵琶,轻舞纱袖,浅吟低唱着,一颦一笑间,演绎着古都洛阳的温婉与多情,像极了我们的国花——那粗壮的根,那坚挺的叶,那灼灼耀目的花……她盛开在乡野,也盛开在阆苑;她怒放在粗纱上,也怒放在锦衣中;她映照着古瓷的光芒,也映照着今陶的色彩……

我自南方来,怀揣稻禾和南橘的清香,徜徉在黄河的两岸,沐浴着丝丝春雨,凝望一片盛景的中原,风吹麦浪一阵又一阵,枣林也蓊蓊郁郁写意着丰收的喜悦。我满怀诗情地欣赏着眼里心里的一切,我仿佛听见了龙的歌唱声。对,在那盎然生机的河心深处,是天与地、人与自然的和谐交融,是河与海的对话,是一场梦想与现实的契合。

我倾听着她的声音,陪伴着她的脚步,濡染着她的气息,和她一起储蓄了全部的能量和梦想,就那样追逐着海的深蓝,朝着太阳升起的地方，朝着鹤舞的林丛，飞奔而来。看吧，一条村庄之上的大河，一条腾飞在中华大地上的巨龙，就在视野不远处，时刻准备着最后的冲刺了！

诗意氤氲的东营市黄河口，一片石油之花闪烁的海上热土，一个丹顶鹤飞来又舞去的芳洲，一片红色沙滩烧灼了我的梦魂。她犹如一朵盛开在我心上的牡丹，日里夜里绽放，灿烂着我的心境。花儿开放的声音和鸟儿飞过的身影，丰满着我的思想，相连着我的思念，牵引着我的步伐。我来自天府之国，应和着藏地阿妈转动的经筒音，高擎塞上江南璀璨的明珠，手捧中原胜地鲜艳的花蕊，迎着齐鲁之地的朝阳，以虔诚的朝圣者之态，一路跋山涉水。黄河口，我来啦！

我看见巨龙迷离的眼神明亮了起来，蛰伏的身段欢畅地扭动着，片片鳞甲镶嵌进一座五彩的芳洲，等待着与海的相拥和亲吻。秋天的黄河三角洲，扑入眼帘的是画家手中的调色板，色彩分明。红色的是沙洲地毯，等待着一场喜讯从天而降；白色的是芦花，传递着世纪姻缘的祝福；绿色的是汀洲草甸，裸露着心灵的家园。油画般瑰丽的色彩，尽情舒展着黄河三角洲的丰腴和美丽。秋天的黄河三角洲湿地是母亲河的女儿，更像是一位熟睡中被梦惊醒的美人，她全身都焕发出无限的生机和活力，魅惑着鸟儿们和人们的到来。这个世界级的天然"实验室"就那样敞开在大海的面前，也拉起了一道黄河三角洲及环渤海地区生态平衡的天然屏障。

那一片油油的绿地，溢满了我江南的深情，像家乡的春雨，"沙沙沙"，是少女在抚琴吗？是春蚕在咀嚼桑叶吗？如此的天籁，一夜之间染绿了汀洲，吹开了花蕊，拔升了芦苇节，震颤了大海的脉搏。水涨起来了，鸟儿们忙活起来了。微风过处，片片芦苇丛的长叶婆娑起舞，欣喜地恭迎着远方客人们的到来。

许是心之灵性使然，鹤们突然兴奋起来，从那边浅翔而来，翩然飞舞，极尽妩媚和风情，羽翼抖落无限的遐思和情韵；深蓝的海水拥吻着渔船，荡起一圈圈激动的涟漪，惊起一两只懵懂的小鸟儿，它们瞟一眼正聚焦瞄准自己的人们，便立时惊慌地躲进芦苇丛；无边的芦苇叶层层叠翠，一重一重蔓延开去，飘逸出莫名的清香和兴奋，逼得烦恼烟消云散；彩云见状低垂于透明的半空，如丝如缕，羞报凝眸，与远海深情相望；海的心魄不禁一颤，清晰地把雄壮的轮廓投影过来。这迢迢奔袭而来的大河，这飞舞在华夏大地之上的空中巨龙，抓住时机，瞬间与海连为一体。

刹那间，这河，这大海，交相融合，浑然一体，构成一幅立体生动而和谐的黄蓝画面，晶莹了我的眼眸。这黄河入海的地方，拥有如此诗情画意的天地，怎能不哺育出丰富的文化和艺术？怎能不衍生出丰富的物质和财富？梦中的三角洲储蓄着齐鲁之地的灿烂文明和悠久历史，似一朵花儿在我眼前如此完美地绽放，我怎能不倾尽我的思想和才华，拥抱她，写意她，讴歌她？

中华民族的母亲河——黄河，从远古到现在，从历史到今天，她不畏艰辛一路跋涉而来，承载着太多的梦想和追求，饱含着太多的苦痛和泪水，终于让理想之花在这里盛开，让丰润的思想在这里生根发芽。在与海的不断交融和欢歌中，她像一个神话中的精灵，殚精竭虑，倾尽才华和心血，练就了神奇的填海造陆功能，不断扩大着黄河三角洲的界域，一度以平均每年两公里多的速度向海中延伸，回报着祖国母亲的哺育。

在山东东营的黄河口，我国最年轻的湿地由此而生，由此而衍。发轫于此的"沧海变桑田"，让愈来愈多的鸟儿找到心灵的栖息地。据相关资料介绍，截至目前，保护区观测到鸟类三百六十八种，其中有丹顶鹤、东方白鹳等十二种国家一级重点保护鸟类，国家林业局还授予东营市"东方白鹳之乡"的称号；有大天鹅、灰鹤等国家二级重点保护鸟类五十一种。与此同时，越来越多珍稀鸟类开始眷恋黄河口湿地，素有"湿地精灵"之称的黑嘴鸥也开始在此筑巢繁殖。每年秋天，黄河三角洲自然保护区就迎来了各类候鸟迁徙的"黄金季"，一些珍稀鸟类也逐渐由"候鸟"变为"留鸟"。

黄河三角洲自然保护区自建立以来，在保护新生湿地生态系统和珍稀濒危鸟类等方面发挥了重要作用。湿地被誉为"地球之肾"，以其仅占百分之六的地球表面面积，为地球上百分之二十的已知物种提供了生存环境和物质资源，与森林、海洋并称为全球三大生态系统，对维持生态平衡、保持生物多样性和珍稀物种资源等均具有十分重要的作用。

我从长江走来，行走在黄河的腹地，触摸着她的伟岸和雄姿，感受着她的博爱和滋养。伫望黄河口，我细细体味着这片土地的多情和神秘：我看见了倒淌河边歌唱的牧羊人，看见了黄河岸边植树播种的英雄们，看见了不屈不挠修筑天路的西部人,看见了黄河口高高井架上的石油工人……他们的心何尝不是一条凝聚的血脉,像华夏大地上空腾飞的龙。

我知道,那时我的血液中终究是长江和黄河已经梦圆在一起了。

爱在升钟湖那一立方水

邹安音

春

春风乍起。一道闪电撕裂了我的梦，穿过魑魅的夜空，灵魂在飞升，在飘浮，在游弋。

亘古洪荒，天宇苍茫，世界混沌。

水柱倾泻，恣意四淌。

剑门擎天，支一块娲仙五彩的炼石。

衣袂飘飘，古乐声声。一池碧水娴静安卧，一湖瑶池降落远山。一带西水碧波去，蜿蜒八百里，柔情人肠断。是云语："头枕剑门五指山，两臂舒揽江阆南。绿衣鱼腹若屏镜，嘉陵江中洗金莲。"

春眠不觉晓啊。春雨也悄无声息，潜入夜，伴着一池碧波，荡漾着我的情感，滋润着我的梦境。

我的灵魂始终萦绕着娲仙山，叠映着那淡淡的山影、朦胧的村庄、镜泊的湖面；牵扯着那悠游的鱼儿、嘹亮的歌声、空灵的飞瀑泉音……恁是多情女娲仙，舞动一池春水，引来凤凰翩跹，仙鹤蝶飞。忽觉张天师乘云而至，"鹤鸣观"刹那间烟雾缭绕；鲁班师乘兴围"观"，石林瞬间丛生；白蛇娘子抛灵芝，醴峰观中来避难；蚕之始祖螺仙移步盐亭，缫丝仙湖瑶池畔……

春雷惊蛰，声如洪钟。陡然梦醒，原来身居中国四川南部升钟湖。环湖而视，临江坪村中，依依杨柳，曼妙嫣然；凤凰岛边烟波浩渺，鸥鹭翻飞，帆船点点，山水相接，共长天一色；湖岸别墅群里桃红李白，菜花正金黄；娲仙山上春草蓬生，树木郁郁苍苍，间有流泉飞瀑与落红，滴翠空谷，余音绕梁……

更有那布谷鸟儿声声啼，呼唤着游子，呼唤着远方。

夏

你若安好，便是晴天。

酷暑狞笑着，晒蔫了行道树，烤化了柏油路，炙热了水泥楼，风干了城市哪怕一缕阴凉的念想。

我在逃离。向南部，朝远山，奔湖泊。呵呵，一路知鸟相告："知道了，知道了！"

归去来兮。

湖之夏是一块深绿的调色板，漫出丝丝沁人心脾的凉意，和着吹送的微风，弥漫了山岗和林丛，弥散了这一方的每一个角落和土地，丰盈着人的诗情和画意。其时，我正静静伫立酒店一隅，远离城市喧嚣与尘埃，看蓝天云卷云舒，看山林青黛不语，看湖中舟楫自横……

掬一捧清澈的湖水，我听见了鱼儿奔跑的足音、稻麦拔节的声迹、莲花盛开的旋律、瓜果弹奏的乐曲；茗一口甘甜的湖水，我看见了炊烟升起的房舍、农人锄禾的剪影、情侣对唱的笑脸、孩子成长的背脊……

然而，"你"在哪？

还依稀记得春日的那个梦境，我的灵魂飞过高高的娲仙山，飞过雄峻的仙湖大坝，幻化成一尾精怪的小鱼儿，栖息在湖心。

湖中积淀着一个彩虹色的梦！问渠那得清如许？远古的仙子们幻变成一个个有血有肉的铁血男儿，久远的传说也被现实的故事替代。升钟水库——中国西南最大的人工淡水湖，是由这些建设者们的血汗凝聚而成的。他们有的背井离乡，逝后也安葬于此，守望着青山绿水，护佑着人们。

江山代有才人出。湖波微澜，便是证言。

秋

湖岸调色板绘得五彩斑斓，丰收在即。稻禾笑弯腰，山果垂满枝，枫叶正红。

几尾小鱼儿跃出水面，瞟一眼盛景，极速潜回传递讯息。湖边热闹起来。

"升钟湖，鱼天堂，水故乡！"南充著名诗人瘦西鸿言。

一顶帐篷，一根钓竿，一个干粮袋，一个痴迷的钓鱼者，一帧浓淡相宜的水墨画。

无论春风秋雨,不管酷阳冬雪。翻越千山万水,奔袭而来。支帐篷,撒钓饵,抛鱼竿……8万余亩的湖面,神秘似海。红尾、翘嘴、银鱼在畅游,鹭鸟在翱飞,野鸭在戏水;远处有人家,近处是野渡。为钓鱼,也为放飞心情。

一个个钓位,一句句优美的辞章,等待钟情的人来填写。

水之趣在渔。

升钟湖"渔"趣享誉全世界。

2009年,首届中国升钟湖钓鱼大奖赛拉开帷幕。忽如一夜春风来,仙湖像一本摊开的诗集,鱼儿们便是那点睛的眼,吸引了二十多个国家、全国三十三个地区的四百多支代表队目光,新华章谱写,南部县欣然摘取国家体育总局命名的"全国钓鱼城"。

四海会嘉宾,同钓升钟湖。每年九月,相约钓鱼城。

冬

雪晶莹了远山,封藏了三秋的美,积蓄着能量和体力。

湖内敛含蓄着,沉寂不语。偶把袅袅升起的体热,融进雾岚,独自呢喃。

拨开冬霭，露出一张激情的脸。

嫘祖远行，心魂犹在。轻柔的丝绸，飘绕了仙湖，锁住了情感，丰富了念想，牵绊了脚步。

那脸愈来愈清晰，红得发亮，像熊熊火把，点燃了冬雪。

歌唱起来了，酒喝起来了，脚步舞起来了。

花灯在旋转，皮影在跳跃……剪纸和根雕也鲜活起来，呼吸着鱼儿送来的风，似飞仙，如西子，沉醉在诗画音情的天地里。

一种叫"傩戏"的民间文化，成了一根晶亮的丝，衔接了湖的历史和今天，传播了湖的风华和内涵。

我走过湖的春秋和冬夏，在山之涯水之央，静默深思：那些关于神仙的故事和传说渐行渐远，而那些辈出的英杰豪骏的倾洒和付出，才是丰富我们情怀的精神和核心。由此，这清澈的湖水，浩渺的烟波，星罗棋布的岛屿，翠绿的青山和丰富的人文，如同一位明眸皓齿的女子，怀抱古琴，袅袅婷婷，弹唱着他们的写照，攥住我的心怀。

流过心上的大运河

邹安音

一

20世纪70年代初出生的我,自感人生就像大运河,流过春夏和秋冬,流过艰难与繁华,流过唐诗和宋词,流进今天,流向未来……

我与运河初结缘,还是在初中的历史课本中。它只以一种简单的文字符号出现在目端,可它那波澜壮阔的身姿和历史雄风却嵌进我的脑海,给予我无限丰富的想象空间。栖居华夏西部内陆,大江大河是很能延展我的视神经的,它们澎湃的涛声和浓郁的异域风情,常常激起我心灵的浪花,溅进殷红的血液,幻变成一个绚丽的梦,诱惑着我与之亲吻和相拥。

或许从我有思想的那天起,文学之梦就扎根发芽在我幼小的心灵空间。很有作文天赋的我,因一篇情真意切的《家乡小河》,摘取了1984年重庆市大足县邮亭镇中学全校作文竞赛的桂冠。这条西南地区极其平常的河流,你甚至叫不出它的名字,春天会有紫色的水葫芦花盛开,秋天会有白色的巴茅草絮飞扬。它一年四季都清亮亮地流着,笑着,奔跑着流向远方。每次凝视它,我都渴望它微小的浪花翻卷成巨浪,它会流进我梦中的那条大河吗?

我常常一边清洗菜蔬,一边如此遐想。小河堤边,浸泡着夏天的姜、冬天的葱,红红绿绿涂抹着河之风景,也濡染着哥哥的心情。父亲早逝,哥哥高中毕业后坚决放弃上大学的机会,回乡帮妈妈挑起了家庭的重担,当了一名菜农。每天四更时他就起床,把码放整齐的蔬菜挑到十几公里远的长河煤矿去卖,以此补足我和姐姐的学杂费。贫苦的日子助推了哥哥的理想和志趣，几乎每天晚上他都要就着如豆的煤油灯看书、写诗、画画。目睹哥哥清瘦的剪影和妈妈忙碌的身姿，我常常黯然神伤。

二

我常常趁哥哥不注意，从书架上偷出《收获》等文学杂志，上课看，下课写，做着作家梦。所以我的成绩除语文出类拔萃外，其他科目一塌糊涂。1987年秋天，哥哥背着给我买的新被子，一手提着新买的水桶，一手牵着我走进了他的母校邮亭中学，这是我的最后一次就学机会了。我已经从他忧郁的眼神读懂他对我的期盼和责备。

当时，姐姐已经考进了重庆的一所名牌大学，成了村里走出的第一个大学生。哥哥的诗文也频频亮相报刊，他成了大足县的劳动模范和乡村致富带头人。哥哥出众的才华和相貌，以及勤劳善良的品格，受到姑娘们的爱慕。我不再痴迷文学，开始认真读书。人生就像一条河，我是不是已经跃过了初始高峡出谷的迷茫和困惑了呢？

"大运河开掘于春秋时期，完成于隋朝，繁荣于唐宋，取直于元代，疏通于明清。"我至今依然清楚记得历史老师说完这句话，突然点名："邹安音，你说说京杭大运河的起点和终点。"我怎么会不知道大运河的起点和终点？它难道不像我的父母和哥哥么，又或者我的祖上？散发着勤劳质朴的清香，灵透着智慧坚强的品格，积淀着丰富的情感故事，默默地抒写着历史，耕耘着春秋，把一代代人鲜红的血和水，凝聚成一条人生的河。它不似长江和黄河，从雪山奔腾而出，纵横东西，气壮山河。如果它们撼动成华夏的骨骼，那么贯通南北的大运河则是萦绕中华大地的魂魄了。那粼粼波光的深处，涌动的何尝不是华夏民族无比的智慧和力量？它就这样从远古走到现在，从北方走到南方，攫取了我的心魂！

三

哥哥，近在咫尺，我们却不能见面；我悲切地呼喊，你却再也不能听见……我坚决不承认哥哥已经因车祸离开的事实。摩挲他留下的手稿、画页和字帖，山川、大地、河流……我悲伤得不能自已。他多么渴望去一次我们的老家，多么渴望看一看运河两岸的风景……他是把它们装进了心中,到彼岸的天堂去描摹它们的美了吗?他的目光就那样满含着希望和忧悒地一直注视着我,鞭挞着我,直到我考上大学。因为文字,我当了记者。我心中涌上的情愫都化作了文字,每一个字符,都蕴藏着哥哥的魂莹。

梦中向北,有条澎湃的大河,在我的血液中一直奔流,星夜兼程,生生不息。

2012年4月底,我到南方去,车过洛阳。只一瞥惊鸿间,一湾练绸般的大河淌过心田,也丰盈了我的眼眸。这就是古运河吗?不见了迢迢征程的疲乏,消却了漫漫风沙的侵蚀,清澈、碧绿,如翠似玉。古运河的身姿以现代繁华的身形出现在我的面前,勾起我无限的遐想。这就是京杭大运河的中心点(古代通济渠)么?它诞生于隋炀帝大业元年(公元605年),经过数年时间,宛如一条华夏的纽带,以洛阳为中心,沟通南北,也让古都洛阳成为繁华的胜地和中华的骄傲。那静默着的古粮仓在诉说,那寂寥着的古码头也是最好的见证。

在运河的中心点,我想起了我的童年、少年,我想起了我的父亲、哥哥……我的人生像运河,有过挣扎和痛苦,有过故事和传奇。就像洛阳的牡丹，那粗壮的根，那坚挺的叶，那灼灼耀目的花……它盛开在乡野，也盛开在阆苑，它是因了这独有的运河溪水，才代代相承，孕育出一地的人文内涵，催生出一城的风情，盛开出一生的华贵，描绘着整个华夏的骄傲和自豪。

四

2014年6月22日，联合国教科文组织在卡塔尔多哈召开的第三十八届世界遗产大会上，当风流了两千多年的大运河被列入世界遗产名录时，"她"的美名终于传遍了全世界。是那"二十四桥明月夜"的诗情画意撩动了我少年时的文学情怀吗？还是那"万艘龙舸绿丝间，载到扬州尽不还"的无尽意境深远了我的念想和梦幻？我从天府之国出发，迎着蜀地之北的朝阳，以虔诚的朝圣者之态，一路跋山涉水，追随着梦中那条澎湃的大河，星夜兼程。

我走进烟花三月的扬州。一座与古运河共生共长的东方水城，灵动着江南水乡温婉的气质和品格。它就是一位妙龄的少女，绾着高高的发髻，撑着一柄红红的油纸伞，陪着我袅娜地走出西部,走过江南,走进水乡,亲吻"江南水弄堂,运河绝版地"的无锡。有舟驶过,水弄堂发出欸乃的桨橹声,就像一首清丽的宋词,曲音早已悄悄韵透南长桥至伯渎港1500多米的每一间小屋和每一扇窗棂。千年的沧桑变迁,仍旧不能改变弄堂民居粉墙黛瓦的颜色,仍旧不能改变运河人家的气质和芳华。看那小巷弄堂穿插其间,尽显江南水乡清雅秀丽的风情,试问天下谁人不销魂?

我走进小桥流水人家的杭州。一条河流柔柔地绕过西湖,西子湖畔的秀丽就像江南的丝绸一般,凝练成绸带,维系了每一个来到这里的人儿。不必说花港观鱼的惬意,雷峰塔夕照的梦幻,断桥相会的遐思,柳岸堤畔的远眺,荡舟碧波的清凉……更有那青青的西溪湿地,我一凝眸,就把心落在那青翠欲滴的每一棵树和每一片叶子里了。大运河流到这里,怎么能不深情侧目,把所有的美和故事揽进心怀,流成一个美丽的芳洲——杭州。河上帆船点点,河岸人儿熙熙攘攘,运河在这里格外地充满生机与活力。"小桥"静谧,"流水"无声,"人家"怀古。

我走进"诗意滕州、梦里水乡"的微山湖畔。这里闪耀着一颗璀璨的明珠,它就是南阳古镇。古运河景观的绿、亮、清……在"运河第一古镇"尽显。而层层叠翠的荷,在微山湖里无边无际地铺陈开去,与那清冽的水和浅翔的鸟儿,以及飘浮的白云和淡淡的山影交相融合,浑然一体,构成一幅立体生动又和谐的画面,晶莹了我的眼眸:铁道游击队的队员们怎么能容忍敌人的铁蹄踩破它的美丽和安宁?

我走过故宫长长的甬道,走过紫禁城重重的大门,走过颐和园的水,走过历史的尘埃,走进现代的古运河之北端——北京通州大运河森林公园。傍晚,一抹暮色褪去了公园一天的喧闹,河水如镜,静谧安详。但就在这平静的美里,我的目光穿越了京杭大运河的北端城市和漕运终点,我感受到它内心潮涌的激流和情感,它勃发的热情和愿望。它的每一个桥和每一个码头,都像血脉渗进了祖国的心脏。它与北京古都的形成、发展有机地融合为一体。这难道不正是千年运河给世人呈现的盛景吗?好一幅盛世的现代版"清明上河图"在眼目前灼灼绽放,我怎能不倾尽我的思想和才华,拥抱它,写意它,讴歌它?

桃源河

刘燕成

贵阳市修文县六屯乡，一条名为桃源河的绿水，已经流淌了数十万年。该河流属于长江流域乌江水系的支流，如今已被开发建设为以漂流、冲浪、观光度假为主要内容的旅游景区。景区面积约为十六平方公里，集湖、山、河、泉、瀑、峡、化石等各种自然生态景观于一体。景区内植被繁茂，空气清新，鸟语花香。

六屯又名疙荙堡，有着悠久的历史。明初建立贵州前卫，卫在边境驻军，以卫领百户所为单位，每所置一屯堡，以防土司肇事。进义校尉何济川,因功封百户,驻守贵州卫,在洪边十二马头与贵竹长官司接壤的疙蔸筑堡屯兵,监视水东宋氏的行动。此即今六屯之"屯"的来历。中华民国二十四年(1935年)4月3日,中央红军长征从息烽安马桩出发,过疙蔸堡经大木、桃源取道开阳小田坝出六屯乡境,在乡境的长田、大木、桃源等地宿营,在六屯这块土地上播下了革命的火种,至今,桃源河畔大木寨民的木楼壁上,"红军是干人的队伍"的标语仍清晰可辨。

如今细细想来,这样的红军标语,是有着耐人寻味的意义的。1934年年底的湘江血战后,中央红军主力损失过半,在危急时刻,毛泽东力挽狂澜,指挥主力红军避实击虚,向敌人兵力空虚的贵州开进。红军进入贵州后发现这里的人特别贫困,被形象地称为"干人",因为他们的血汗已被各种苛捐杂税榨得一干二净。所以,红军所到之处,到处都是向他们求乞的"干人"。这些"干人"一个个衣不蔽体,骨瘦如柴。此情此景震撼了每个红军指战员,许多人不禁掉下了眼泪。红军途中遇到一位六十多岁的老婆婆和她的小孙子,他们在寒冬里仍穿着补丁摞补丁的单衣,奄奄一息地倒在路旁。红军指战员们立即围了上来。此时，毛泽东从后面走来，见前面围着很多人，急忙问发生了什么事。一位红军战士答道："老妈妈说，她家一年收的粮食全被地主抢光了，她儿子前几天也被国民党抓了壮丁。她没有活路，只好和小孙子四处讨吃的。"听到这儿，毛泽东已是热泪盈眶。他当即脱下身上的毛线衣，又叫警卫员拿了两袋干粮，连同毛线衣一起送给老婆婆。他蹲下来，亲切地对这位绝望的老人说："老人家，你记住，我们是红军，红军是'干人'的队伍。"此佳话一直在黔地流传，生长在桃源河畔的百姓，几乎无人不知。

在桃源河峡谷，蜿蜒连绵的桃源河贯穿其中，河水清澈见底。数十万年地壳变迁形成的奇峰、峭壁、飞泉、怪石、幽林，令人叫绝。宽43米、落差48米的桃源河三道响梯级大瀑布，叠瀑潺潺，响水惊天，气势恢宏，可与黄果树瀑布媲美；珍珠滩、犀牛潭、玉女裙瀑布风情万种；古生物化石群，再现亿万年前的海洋生物画面；河缝地下奇观，堪称喀斯特地貌一绝。桃源河五公里的漂流河段，落差170余米，漂流的起点为桃源河大瀑布，宽43米，落差38米，终点为瀑布，底端全长214米。根据三级瀑布地形，漂流由三个段落组成：

第一段，洞渠长68米；第二段，峭壁导渠长72米；第三段，架空滑槽，长74米，漂流时间为两个半小时。在漂流河段，河水时而湍急时而平缓，此起彼伏，是漂流探险的绝佳场所，其中穿洞悬壁的魔幻漂流更是匠心独具，为国内首创，有"黔中第一漂"之美誉。

杜鹃湖

刘燕成

这湖原本是不叫杜鹃湖的,这里原先也不是湖,而是一条细瘦的名为猛坑河的山野小溪,因筑坝修库,以满足小河下游十余万民众的饮水和数万亩的农田灌溉任务,方才得了这湖。开始,当地的老百姓一直都以猛坑河的名儿称湖为猛坑水库,但没有多久,那环湖七十余平方公里的喀斯特典型地貌的幽谷和山梁,竟然漫山遍野长起了杜鹃来,每年三月初至六月上旬,杜鹃花怒放似火,染得满山红艳艳的。那美丽的花儿倒映在一湖绿幽幽的碧波里,实在是漂亮极了。

尤其在湖区的入口处，竟然满坡都是杜鹃，很少有别的杂树和草木，并且单在这一个山坡上，竟然就有二十余种花色各异的杜鹃。在这一坡庞大的杜鹃家族里，以马缨杜鹃、炮仗杜鹃、映山红、吊钟杜鹃、照山白杜鹃最为妖艳美丽。花朵的颜色或为大红，或为粉红、紫红、淡红，甚至还有淡黄色、白色、白红色混合的，杜鹃树亦是长得比别的地方粗壮、高大。人们便给这山坡取了一个非常柔媚的名字——花山。在猛坑河还没有筑坝成湖之前，花山上便已零星地长着少数杜鹃，只是这里的土壤实在太干燥，土层实在太薄，杜鹃长势一点儿都不好，所以花朵开得少。然而，湖建成后，这杜鹃，便是一年一个模样，慢慢地茂盛了起来，繁华了起来。每年春暖花开之际，湖区周边的各族青年男女们，便要汇聚到花山上来游玩，他们除了观赏这遍山的杜鹃花朵，最主要的，是到这山上来对歌。他们对歌时，歌声接不上来的，当是要受到惩罚的。不过，惩罚的方式各种各样，或是回去给胜利的男人们洗一次衣服或做一次饭，或是给战败的妹儿们的屋里挑一担水，送一挑柴，如此种种。姑娘们还在花山上丢花包，她们纷纷将手心里的花包向男人们那边抛过去，任凭男人们去争去抢，抢到花包的男人，方才有资格与妹子们搭讪、聊天、套近乎。反正，不管对歌还是丢花包，目的只有一个，那便是寻找自个儿的意中人。

每年春天，杜鹃湖的花山便成了青年男女们的恋爱岛，成了他们对歌的歌场。他们那飘荡在花瓣里的歌声、笑声、打情骂俏声，与杜鹃花下山鸟们的歌声一样，是动听的、悦耳的、清纯的。花山下有一个叫"罗温"的布依古寨，寨里的女人们天生丽质，丰满漂亮。我猜想，她们的美丽一定是与杜鹃湖的水密不可分的。一方水土养一方人，古人的话一点儿也没有错。更奇怪的是，布依语的"罗温"，汉语翻译则为"唱歌"之意，这与杜鹃湖的花山太相吻合了，难道是上天注定的吗？

郁郁葱葱的杜鹃湖库区里，长达七公里的水路两侧，分布着百余个观光景点。从杜鹃湖坝口40余米高的人工瀑布往里数，便有明清战地遗址营盘坡，有建文皇帝结草为庐的和尚坡与望云楼，有龙头山百亩水上森林，有望龙塘的夜月美景，有卧龙山与龙王庙的仙气，有小石山上的清朝官员但家坟等。这些看点不一的景致，统统倒映在了杜鹃湖88万平方米的湖面上。杜鹃湖就像一面硕大的镜子，每一日，每一季，每一年,都照着杜鹃湖的一切变化。一切的变化(或者说是变故)都是含有阵痛的。位于杜鹃湖水中央的和尚坡孤岛上,便有着一段教人难忘的历史故事。

距杜鹃湖东北岸不远处,有一座叫白云山的大山,《明史纪事本末》和民国《贵州通志》记载,明朝建文皇帝朱允炆在1402年的"靖难之役"中,从南京地道中逃出,后由滇入黔,望此山白云而止,在此山结草为庐,削发为僧四十余年。建文皇帝到白云山不久,闻得猛坑河畔有和尚坡美景,便常常到这座坡上来游玩,并于坡顶修建了寺庙,供人们打坐和诵念经书。和尚坡的名字,就是因此而来的。

如今的和尚坡,坡顶上依然是庙宇高耸,建文皇帝的巨大雕像依然静静地安坐在庙里,他手心里的念珠,一颗一颗地滑过手背,他脸上的慈颜,早已看不见往日的悲伤。我想,除开和尚坡山下的子民们,恐怕再也没有别的人能够读懂往日那流浪在荒岭里的皇帝了。

在杜鹃湖库区的尾部,小石山上遍野怒放的杜鹃花,也是让人流连忘返的。那一丛丛鲜花掩映的山梁深处,便是远近闻名的清官墓地但家坟。这里葬着的是清朝时期翰林但钟良、中宪大夫但淑行、但彬，以及几代但氏夫人。这些清朝的官员们，都是杜鹃湖北岸夜郎古镇广顺镇的前贤，他们一样是往日那猛坑河畔的孩子，他们一定是对这条河有着切肤的眷恋的，不然，就不会将杜鹃湖内的小石山当作生命最后的归属地。小石山上，杜鹃花开了又谢，谢了又开。我宁愿相信这些美丽的花下，一定有前贤古人踏浪猛坑河远去的影子，这些花，一定是被前人赏识过了的，它们一定是前人留派下来的美丽使者。

红枫湖

刘燕成

清镇市郊外的红枫湖,坐拥青溪两岸层叠连绵的万重峰峦,形成百余大小各异的岛屿,秋日一来,便见得那日渐变红的诸多岛屿,远远望去,如同一条条跃出水面的金鱼,鲜活得紧,漂亮至极。

秋叶落到地面,红红的,染得那岛屿上的山径像铺了红地毯似的,在秋岭里闲置着,教人好不可惜。湖岸上,除开枫树,倒也是长满了各类树种的,光秃秃的枝丫,竟然不知道这晚秋时节的冷意。远处山村里的牛羊,打着饱嗝,踏着这红色的秋光归家了，倒是山里娃那破裆裤里的野果，黄澄澄的，撑满了裤兜，教我想起了红枫湖畔那一季多情的秋叶！

这秋天里，红枫湖的红叶注定是魔一般的红，它们像燃烧的火把，散发着光明，也散发着温暖。叶儿下的野地瓜早已熟透了，红色的裂唇亲吻着晚来的秋风，被风儿掀开的瓜皮，像一张张温暖的脸，和蔼可亲。马蜂窝就垒在红叶的背面，来来往往的脚印漂浮于高高凸起的黄泥或沙砾间，写成了天书里的文字，这个秋天，它们注定是劳碌奔波着的，它们试图抵御那寒冷的深冬。秋天里，红枫湖畔那归巢的山鸟在清寂的大自然里踩着天空飞翔，它们到底是受够了寂寞的山乡和阳光，一路上心拥着心，在红叶翻飞的山林里歇下了脚步。它们把巢高高地悬挂在树梢，秋风拂来，这树尖上的家，于是随着枝丫左摇右摆，动荡不安。而巢里的宁静和温暖，只有山鸟才享受得到，它们静悄悄地躲进了自己的世界，闭上双眸，等待明日清晨的啼鸣。岛岭深处的男人女人，把爱握在手心，他们生怕在某一个不经意的时刻，打落了心中的爱意。男人看了看这满岭红叶，说，这秋虽然已来，冬虽然也要来，而此后，接着便是春了。女人却只是凝凝地望着自己的男人，一双会说话的眼睛，融化了那火一样炽热的男人心，他们唇贴着唇，心印着心，将爱情枕在秋的深处，沸腾着阵阵爱潮。

秋天里，斜阳下的湖畔少女，红袍映染了满程山路，而心事像风一样柔软，飘荡着，在回家的路上。这少女的心潮总是饱满着的，像满江春水，涨了又涨。只有心事残留在红叶里，迎着风，轻轻飘散与远去。梦里那壮实的郎君，是不是也见得了这一水红叶？见得了这秋的忧伤，内心里是不是又平添了几许惆怅？古人有红叶题诗得佳偶的美传，那明明就是一曲苦宫哀怨，而这哀怨，不也正是山乡里的少女既道不明亦说不清的心事么。在水一方，那切切之思念竟然隐隐地使心灵生痛。心的疼痛倒也罢了，可怜那拂岭而过的秋风和瘦瘦的满湖秋水，竟然不知不觉也被这洋洋洒洒的红叶染透了真色，躺在水波里的秋，又竟然弹醒了离异人的思念，思念就是这一地凌乱无章的红叶吧，重重叠叠折磨着这晚秋的爱火。红尘里，大概只有爱，才是生命的全部吧。

红枫湖的秋叶，是温暖的，当我想起远古的爱情，当我想起梦里的她，或者，当我想起母亲隔山呼喊的乳名，当我想起生我养我的村庄，当我想起村庄里黄澄澄的谷仓和正对着天地日夜朝拜不息的亲人，我的眼里常常含着泪水。这一水寂寞的红叶呢，它到底匿藏了多少苦痛和无奈。这个秋天，它又流露出了那美丽而又炽热的红，在风里，是它燃烧了大地的冰冷！

秋日里的红枫湖，竟这般教我牵念不已。

小车河

刘燕成

有月，又有潺潺的小河，这足够算得上一幅画了。可不仅如此，当我在晚秋某夜不经意间走在这条流淌千年的小河岸时，我看到的不光有月，不光是河，在那柔媚的晚秋月光里，我分明是踏上了一幅尘封千年的绝画。说它绝，是因为它的柔美。

小车河发源于贵阳市花溪区麦坪乡一个叫红岩的地方，与金钟河在阿哈水库汇合后，流经南郊公园，最后从太慈桥汇入南明河。小车河里的月光是柔软的，带有一丝丝晚秋的凉意，由南向北，从河口拂向河尾，抚着我们的脸庞。这淡洁雅美的清辉，是吹不去我心头那幽沉的心事的，倒是愿意让它拂去我迷迷糊糊的酒意。是的，平日里我总是喜欢用酒下饭，或者说，夜游小车河之前不喝点小酒，就真没有多大的意思了。走到小车河口的时候，我的确是一半清醒一半醉的了。朋友们簇拥过来，手携着手，肩拥着肩，轻轻地将头靠在了一块儿，说一些酒话，而脚步很轻的，影子却有点踉跄了。河上风雨桥，飞檐下的红柱上，高高地挂满了红灯笼。那朱色的灯光，缠裹着月辉涂在了影子上，我们像披了一身艳红的长袍。与人影不远处的河心，有柔美的月光碎在那里，亮堂堂的，淌了满江秋水，照得见那秋风拂起的缕缕微波，曲曲折折地散开，像母亲额间的皱纹。

是谁家的媳妇呢，还徘徊在那雕花窗下唱着摇篮曲，怀里的孩子，却早已入睡了，细细地扯出一些鼾声，那小小的手掌，却是紧紧地搂着母亲的乳。这么温暖的怀抱，这么幸福的港湾，能不安然入睡么。就像我走在这千年小河水畔，踏着前人踩过的礁石，沐着前人浴过的今夜月，无不涌起一阵阵幸福的浪潮。屈指算来，从春秋时期的牂牁之国到现今繁花似锦的林城贵阳，一千多年的纷冗朝史就这样灰飞烟灭了，只有这河，寂静地，甚至是清冷地，流淌在这里，数不清多少战马铁蹄烙在了这小河两岸的厚土里，数不清多少英雄豪杰从这河岸的大美江山深处经过。明人徐霞客《黔游日记》云："晨饭于吴，遂出司南门，渡溪桥，西南向行。五里，有溪自西谷来，东注入南大溪；有石梁跨其上，曰太子桥。桥下水涌流两崖石间，冲突甚急，南来大溪所不及也。"此处所言"司南门"，即贵阳次南门，当时贵阳府城又是贵州宣慰司城，故曰"司南门"。西谷来之溪，便是小车河了；所注入之南大溪，即贵阳最大的河流南明河。这位逐风踩云而来的探险家、旅行家，是如何步伐匆匆走过了这古老河水那岸的呢？当他身上的剑鞘与那时的晚风相击而出的清音惊醒了这沉睡中的秋水时，当他那幽暗的双眸终于在黔地一隅的小车河畔见证了这延绵大美的黔山秀水时，谁的心潮啊，海浪一样澎湃咆哮？谁又有勇气踩着山河日夜远游呢？非徐霞客莫属吧。

依然没有酒醒，走到那灯影摇曳的风雨长廊时，我终于要停下来休息一会儿了，却又不知从谁家的窗口，传来一阵阵悦耳的笙音，还隐隐约约地听见了舞步声呢。这些喜好吹笙起舞的人家，晃眼间就在这河畔生活了千年之久。这千年的日月，这千年的河，当然是要有这千年的歌舞的。

月光下这一切的声相,给了我以柔美的河景。我们返回在小河入口的石雕前留影纪念的时候,我情不自禁朝后打了一眼,一抹二十余里长的幽幽古河,就这样被我们抛在身后了。然而,我实在不知道哪一天,当这满江的河水反过来将我们洗净之后,后人又将会以怎样的姿态来解读这样一条河流,他们是不是会淹没了前人的足迹,然后又来嘲笑此时的我们呢?

"路漫漫其修远兮,吾将上下而求索。"谁的歌吟又在我的耳畔响起。

大美青海湖

胡祖义

朋友，你到过美丽的青海湖吗？2017年10月，当我踏上湖畔那片平坦而肥沃的草原时，我的心都快蹦出胸腔了！

大巴开出青海省湟源县不久，导游就指着远处耸立的高山告诉大家，那就是著名的日月山。大巴沿着日月山下的倒淌河向西行驶没多久，眼前突然立起一堵灰蓝色的墙，这堵墙，上边沿平直，下边沿隐在混沌难辨的烟霭里，我的脑海里立即涌现出这样三个字——青海湖！

对,它就是青海湖,中国最大的内陆湖,水域辽阔,环湖一圈长约三百六十公里。我们在大巴车上看见的那堵墙就是青海湖湖面。

我突然想起第一次看见海面的情景——三十多年前,我去秦皇岛,就曾见识过这样的"高墙"。那天在秦皇岛,雨过天晴,秦皇岛海面那堵墙显得很高,呈深蓝色,太阳照在海面,海面上行驶的船只被涂抹上一层鲜亮的色彩,像幕墙上粘贴的剪影。现在,类似的高墙又矗立在我面前,因为多云天气,这堵墙虽然呈深蓝色,却掺进去不少灰色,湖面上没有船只,辽阔的草原作为湖面的陪衬,灰蓝色的墙才不那么抢眼。

没想到,我又在青海湖边遇见了戈壁,戈壁那边,是光秃秃的山,山上石头多,没有树,草很少,靠湖这边,草原变得枯黄。让我没想到的是,青海湖边的草原会那么平坦而辽阔。原先我只考虑到青海湖位于青藏高原,湖边应该矗立着岩石的山,哪里料到居然是平坦的草原。10月中旬,草叶已经枯黄,唯有牧民种下的油菜花在湖边恣意地开放,给人一种春天的感觉。几天后,我把拍摄到的金黄色油菜花发到朋友圈,有朋友竟然质问:"这个季节还有油菜花?"

如果我没到过青海湖,我也不相信,10月中旬了,油菜花还开得这么灿烂！在江南，油菜花在3月下旬至4月上旬是旺盛期，那时节，平原地区的油菜花开成金色的海洋，把星罗棋布的村庄都淹没在花海里。据说，青海湖的油菜花盛开在7月，10月间盛开油菜花，任谁都将信将疑。他不了解，这是青海湖一带的牧民特意反季种植的油菜，为的是在草枯季节给青海湖增添一点亮色，不惟翠绿色的菜叶儿，那怒放的金灿灿花朵在蔚蓝色天空和湛蓝色湖水的背景下，多么亮丽夺目！

除了油菜花，在泛黄的草地上，不时有一群羊、几匹马悠闲地吃草，羊群不规则地散布在草原上，如同天上的云朵，任意漫步在天庭。一忽儿，我微微闭上双眼，等再睁开时，竟有些分不清哪是天上的云朵，哪是草地上的羊群。羊群一边寻觅着自己喜欢的野草，一边慢慢向前挪动；天上的云朵听了风的召唤，也慢慢地向前移动。大约风也是懒散的，一会儿急催，云朵便紧赶慢赶几步；一会儿似乎忘记自己的职责，那云朵便停留在天庭某一角落，半天都不曾移动一步。

旅游大巴快速向前行驶，它大概懂得车上旅客的心情，迫不及待地想把青海湖最美丽的一面呈现给远道而来的客人；

青海湖二郎剑景区也像是等不及了，大巴车前行之时，它也跟着对向行驶，一步步向大巴车靠近，终于在大巴车轻轻的刹车声中跟游客相拥在一起。

先前，我们的车还在日月山和倒淌河之间奔驰时，青海湖南岸的草原显示出一种高姿态，似乎抱着任凭游客踩踏的决心，像虔诚的朝圣者一般，匍匐下身子，迎接我们这些来自两湖地区的游客；而湖对岸，被雾气遮挡的黑黝黝的山峰背后，连绵的群山上覆盖着皑皑白雪，那应该就是日月山顶峰了。日月山倒是不客气，它昂首挺立，有几分自信，更有几分傲气，似乎在说："我相信你们也到不了我跟前。别说跟前，连我的山腰，你们也上不来，我凭什么瞧得起你们？"

我知道，环绕青海湖一周差不多三百六十公里，对于远道而来的旅行者，估计很少有人耐心地走完一圈，除非他有足够的盘缠和时间，除非他有特定的任务。像我们这些跟团的旅行者，绝大多数人只是蜻蜓点水，走马观花。既然这样，我们就只能被日月山藐视了。

我无法跟日月山计较，也没有闲暇去较真，我得抓紧分分秒秒，去领略青海湖的壮美！

站在青海湖南岸二郎剑景区，放眼望去，湖水浩瀚无边，蔚蓝而空灵。先前看见的那堵墙此刻离得更近，颜色也从灰蓝变成湛蓝和深蓝，仿佛一湖蓝色的颜料，手一伸，就能掬来一捧。我偕妻子与团友，迫不及待地朝湖岸奔去，把导游在车上反复叮嘱的"高原反应"全都一股脑儿甩到一边。

我们终于站在青海湖边！

走上伸向湖水的人工半岛，脚下是平坦的大道，大道两边是汉白玉砌成的雕花栏杆。栏杆上雕刻着舒卷的云纹和水纹，要是不仔细看，还以为是谁把北京颐和园七孔桥上的栏杆复制过来了呢！

妻子倚靠在栏杆上，背后是废弃的解放军某潜艇基地。潜艇基地虽然废弃了，但那座曾经供海军潜艇士兵演练的水上建筑还在，"鱼雷发射基地"几个鲜红的大字还清晰可见。我想，当海军潜艇部队在这里训练时，这美丽而壮阔的风景就只能属于海军，而现在，我们这群退休的江南游客就站在海军基地附近，这个神秘的军事基地也成了青海湖的一个景点，心中不由生出一丝自豪。

青海湖湖水真洁净，如同雨后的晴空，一丝不染，微风吹拂着湖水，湖水漾起一层层细碎的波浪，像被舞女轻轻抖动的蓝色丝绸。一只海鸥闯入我的镜头,它的同伴正围拥着旅客,这只海鸥却独自在湖面上盘旋,它是不是一位善舞的仙子,被它的伙伴派来给游客表演独舞的?你瞧它,一忽儿飞向湖的深处,一忽儿飞回岸边;一忽儿冲向云天,一忽儿贴着湖面滑翔。我断定它既是一位善于舞蹈的仙女,又有点喜好卖弄,不过有一点你不得不承认,它的舞姿十分优美,引得我一直追随它,不曾有一秒钟疏忽。

在这里,一群海鸥却独辟蹊径,游弋在毛石堆砌的湖岸浅水里,我知道它们并不是为了觅食,浅水中肯定没有鱼虾,那些细小的微生物又入不了它们的眼,栈道上游客撒下的鸟食足够喂饱它们,它们吃饱了,喝足了,就在浅水里闲庭信步,风浪平静的浅水处当然是它们清静的庭院。你瞧这只鸟,洁白的脖子一伸一缩,是不是在跳舞呀?那一位,朝栈道上的游客看了看,把金黄色的喙伸到翅膀底下,然后划动两只金黄的"船桨",翅羽一翘一翘的,好像在向岸上的游客炫耀:"怎么样,我这一身洁白的羽毛,够美丽吧?"

不时有海鸥飞起来,在空中盘旋一阵,再滑翔着落到水里,另几只海鸥再飞起来,在空中盘旋、舞蹈。这时候,我童心萌发，站在岸边展开双臂，学海鸥展翅飞翔的样子。让人意想不到的是，这时，湖面上也有一只海鸥在水面上扇动翅膀，跟我学飞的频率几乎一致，我想，这只海鸥一定是被我扇动的两只手臂感染了。

离这群海鸥不远，有一座高大的石碑，石碑上用红色的油漆阴刻着"青海湖"三个大字，三个大字左下方还有一行小字，写着"中国最美的湖"。

我不知道，青海湖算不算得上"中国最美的湖"，不过比较起来，它是当之无愧的。比如介于湖北、湖南之间的洞庭湖，即使到了冬天，那湖水的颜色也不像青海湖这样蓝；西湖的水波是明丽的，可是，西湖水域面积太小，谈不上壮阔，也称不上浩渺；鄱阳湖过于小巧玲珑，一到冬天，就会一干到底，露出长满青草的湖底；天山天池只以秀美著称，因其为淡水湖，湖水倒是清澈，晶莹如玉，四周群山环抱，青树翠蔓，绿草如茵，繁花似锦……可是，天池只是个微小的湖，半月形的湖面远远比不上青海湖湖面；至于江苏扬州的瘦西湖、山东的微山湖等等，也都只能算作小儿科，唯有青海湖碧澄瓦蓝，跟蓝天相映衬，构成浑厚壮阔的美丽景色，把其他一切湖泊都比得黯然失色!

  的确，青海湖在荒凉的大西北上镶嵌了一颗璀璨的明珠。可惜我没在春天时节来青海湖，也不是在夏天来青海湖"朝圣"，所以，我没见到湖边似锦的繁花，也没看见鸟岛上空翩翩飞舞、展翅翱翔的天鹅，可是我看到了矗立在高原上的那堵蔚蓝色的墙，看到了意趣盎然的嬉戏的海鸥，还看到了湖边低头吃草的羊群和马群。在那么多文章和图片都对青海湖极力赞美的诱惑下，我要是再不来目睹大美的青海湖，实在是心有不甘。现在，当朋友们问起我最近游历过什么地方时，我一定会自豪地说："我刚刚从青海湖回来!"这么回答的时候，我给朋友们留下了一份值得艳羡的礼物，也给自己留下了一份怀念。

天池，你是摄人心魄的仙女

胡祖义

在我心里，天山天池跟青海湖一样美丽。我无数次在心里跟"她"幽会，却因现实中不能亲眼看见，差不多要害相思病了。

你听导游是怎么夸赞天山天池的——

"天池风景区中心是个高山湖泊，那里雪峰倒映，云杉环拥，碧水似镜，风景如画，古称'瑶池'。'瑶池'，听说过吧？"导游像是要考考大家似的，稍作停顿才接着往下说，"神话中，西王母想宴请众多神仙，打算开个蟠桃会，寻遍下界，她来到天山，见群山环抱中镶嵌着一面明亮的镜子，连连说：'这里好，这里好。天镜，神池，正好在池边大宴群仙！'怎么样，天山天池，是神仙游乐之地，来天池游览的人，也算当了一回神仙！"导游短短几句话，就把大家说得心里热乎乎的。

天池风景区一共有四个自然景观带。景区中心的天池是个半月形的湖，长约3400米，最宽处约1500米，水最深的地方约103米。湖水由天山融化的雪水积聚而成，尤其清洌，在山峰的映衬下晶莹如玉。它被群山环抱着，挺拔、苍翠的云杉塔松倒映在水中，把清澈的湖水染成翠绿；它被如茵的绿草和似锦缎般的野花围拥着，山，因为绿草和野花的装饰而美丽妖艳，水，因了云杉的倒映而神秘莫测，山水成就了"天山明珠"的美誉。

景区区间车行驶在盘山公路上，公路两边泛红和泛黄的树林像一幅幅色彩艳丽的油画，给我们这些急于见到天池的游客不少安慰，我们也可以把这些油画看成欣赏天池美景的序曲。

当海拔渐渐升高时，公路两边的山就变得跟吐鲁番盆地的戈壁滩一样，许多山头是童山，山上的草木也跟戈壁滩相似，这里一团，那里一片；山脚下有人工种植的树木，树木不大，正在努力地生长。山的褶皱里突然出现一片洼地，洼地上长着一丛红柳或者几棵白杨。这样的洼地有的地方较大，大到几亩地面积，于是，小溪便在这里憩息了一会儿。洼地下游有一道拦水坝，积蓄的溪水里倒映着蓝天和白云，也倒映着树木，当洼地上的树木变成金黄时，溪水里沉淀了满满当当的"金子"，这是不可多见的景致。

褶皱深处，一棵棵、一丛丛苍翠的云杉和挺拔的塔松顽强地站起来，它们在狭窄的岩石褶皱里，不屈不挠，尽情吸吮着积存的雨水，一个劲儿伸枝展叶，给人蓬勃的生机感。我正在欣赏岩石缝隙里的塔松呢，忽然，车上的游客一阵惊叹，我顺着大家关注的方向看去，公路左边有一片开阔的河滩，河滩上的树这里一棵那里一棵，植株很稀，树冠很大，在树的间隙，一群羊散放在河滩上静静地吃草：河滩上，草已发黄，草地上慢慢移动的羊群就像黄绿色地毯上镶嵌的一串串水晶。噢，树林里还有几匹马，跟羊一样，马啃着草，不时甩几下尾巴，极其悠闲的样子。树林里没有牧民，让我生出一丝幻想——这几匹马就是牧民吧，有马在，羊群才不会跑开。

我忽然想起著名作家碧野所写的《天山景物记》，我们现在就在天山呀，碧野描写的天山太美了，美得我几十年来无时无刻不向往天山。当年，碧野可能是站在一个较高的地方看天山的，他说："远望天山，美丽多姿，那常年积雪高插云霄的群峰，像集体起舞时的维吾尔族少女的珠冠，银光闪闪；那富于色彩的连绵不断的山峦，像孔雀开屏，艳丽迷人。"

昨天，我们在吐鲁番盆地欣赏过维吾尔族少女的舞蹈，那华丽的衣裙，那婀娜的腰肢，那修长的胳臂，把人们看得忘乎所以。没想到，今天，我就处在这样美丽景色的环抱中，是多么幸福呀！

我清楚地记得碧野所描写的天山牧场，他写道："墨绿的原始森林和鲜艳的野花，给这辽阔的千里牧场镶上了双重富丽的花边。千里牧场上长着一色青翠的酥油草，清清的溪水齐着两岸的草丛在漫流。草原是这样无边的平展，就像风平浪静的海洋。在太阳下，那点点水泡似的蒙古包，闪烁着白光。"

原先，我对碧野用"墨绿"来形容原始森林很有些不解，现在身临其境，才不得不佩服碧野用词的贴切。只可惜现在不是夏季，否则，我眼前溪水边的洼地就该有鲜艳的野花在恣意地开放，给这片小牧场镶嵌上双重富丽的花边了。

当年，碧野是在草原看见成百上千的羊群、马群和牛群的。现在，我只看见几十只羊、几匹马，不过我很满足，毕竟是在天山脚下看见这些马和羊的，这样的画面会在我脑海里扎下根，让我永世不忘。

我们终于到达山顶，一片明镜似的水面突然出现在视野里，水域四周都是高山，明亮的镜子就镶嵌在低洼的山坳里。我想，这应该是个堰塞湖，当初，博格达峰在地壳运动中隆起时，天池这一块便塌陷下去，形成了今天的天池。

当我们站在天池岸边时，大约是上午9点，太阳从东边的博格达峰照射过来，云层遮住了一部分阳光，投射到天池湖面的阳光便被撕成一丝丝、一缕缕。由于迎着阳光，湖这边，湖水白亮亮的，仿佛在水面铺着一层水银；阳光投射的那片湖面则像燃烧的火焰，又像泼洒了一炉滚烫的铁水，亮得晃人眼睛。

我靠着湖边栈道的栏杆，右脸沐浴着阳光，身后的山峰一层层排列延伸开去。近处的山峰，一棵一棵挺立的云杉，看得清清楚楚，山峦的轮廓线清晰可辨，越远，轮廓线越模糊，最高处的雪峰便在蓝天上勾勒出一道剪影。这种景致很耐看，很让人惬意，我脸上的笑容也因此祥和起来。

我站在较高的地方抢拍了一幅照片：湖面上大致有三种颜色，一是白色，湖面被风一吹，泛起粼粼的波光；二是黛色，那是倒映在湖面的山峰，无论是树影还是山影，都一律呈黛色，被两山夹持的湖汊则绿成黑色。我拍照的地方有几棵树，大概是橡树，深秋季节，天池景区气温低，橡树的叶子几乎落光，倒映在湖中的博格达山顶的日光便被树枝隔成一些极不规则的小块，水面上，一块巨大的金子被分割成碎块，才有了令人意想不到的美感。

当太阳挣脱云层的束缚，终于大大方方地悬挂在天空的时候，山与湖就换了另一副模样。原来，山上的云杉并不十分密集，长云杉的地方，色彩浓绿，不长云杉的地方，色彩青绿，青绿中泛点儿黄，再高处的山头呈灰赭色，绿色植物由下而上逐渐淡去，再高处，就是积雪。

几乎在同一个地方，当太阳渐渐升高，阳光直射在湖面时，湖水跟蓝天成了一个颜色，而近处的杂树和远处裸露出来的山坡则染上一片金黄。这王母娘娘开蟠桃会也未免太铺张了吧，居然在湖边铺上这么多金子做成的地毯！

我从湖的上游转回来，来到游客密集的核心景区，这时，湖里正游弋着一条快艇，快艇划破湖面，水波荡漾开来，在湖面漾起一圈一圈的波纹，煞是好看。

站在核心景区向对岸看去，两岸的山峰交错地插进天池，使得天池的景色显得错落有致；而远处的雪峰高高地耸立，我只知道那是雄伟的博格达主峰。在蒙古语里，"博格达"意为灵山、圣山，据说，这座博格达主峰海拔高达5445米。我们站在湖边，博格达峰被近处的山峰挡住了，只偶尔从群峰的间隙露出一两顶白色的"帽子"，当我们站在高一些的地方遥望主峰，才发现主峰两侧各有一座山峰拱卫。三座山峰并列起来，直插蓝天白云，看上去像一个巨大的笔架，莫非王母娘娘的蟠桃会上还有识文断字的文曲星吗？不然，怎么会在这里搁上这么大的笔架呢？

在天池，没有积雪的山峰已经很美，景色被墨绿与湖蓝主宰着，美不胜收。再加上远处有雪的雪峰，还加上笔架的联想，这幅图画就更增添了一些意趣。站在这么美丽的天池风景区，我真的不想马上离开，我觉得，跟这么美丽的风景分离，其痛苦并不比跟一位妖娆的恋人分开轻多少。我想，是不是美景和美人都有同样的魔力呢？

谁说不是呢？当我即将离开天池的时候，忽然觉得，我跟天池似曾相识，它的形状酷似四川九寨沟的长海。当年我站在九寨沟长海边上，也曾涌现出不忍分离的情感。

　　在九寨沟那样的风景区，我们不可能不生出一些眷恋。想想那个五彩池，它那变幻莫测的绚丽色彩，怎能不勾起你无限喜悦；想想那长海，想想长海里倒映的山影和树影，你怎么舍得猝然分离？现在，我就站在天山天池边上，我觉得，她就是一位千娇百媚的少女，她那变幻的色彩，她那跃动的轮廓，她那诱人的天光云影，都是天池施展出来的手段，她让我们近距离欣赏到了美丽的少女，然后在心里不停地思念，即使远隔千山万水，心依然跟她相连！

　　可惜的是，我必须离开天池了。下午，我们要乘火车赴敦煌，我只好把一个心结系在天池边的云杉上。这时，我心里突然有一种想放声大哭的冲动——我不远万里来到新疆，在天池边上居然待了不到一个小时，让我怎么肯倏然离去！

惊心动魄的壶口瀑布

胡祖义

中央电视台《新闻联播》的片头序幕中就出现过气势磅礴的黄河壶口瀑布,那个镜头一出现,立刻让人热血沸腾,伴随壶口瀑布的是浑厚的音乐,如千军万马的奔腾,如雷霆霹雳的轰击,一下子把人们的兴奋点提高到极致。自从看了那样的镜头,我便经常神游壶口,那样壮观的景象,如果只在电视上看到,如何不遗憾!

岂止是中央电视台的音乐让人激动!听到《黄河大合唱》的时候,不激动才怪呢！听，这是《黄河大合唱》演唱前的激情朗诵：

　　朋友！你到过黄河吗？你渡过黄河吗？你还记得船上的船夫拼着性命和惊涛骇浪搏战的情景吗？如果你已经忘掉的话，那么，你听吧！

接着，震耳欲聋的打击乐、弦乐、管乐的合奏之后，气势雄壮的《黄河大合唱》就高声唱响了：

　　风在吼　马在叫
　　黄河在咆哮　黄河在咆哮
　　……

在这雄壮的歌声里，你一定听到了黄河壶口瀑布轰鸣的水声。

让人激动的远不止黄河壶口瀑布的下泄，也不止《黄河大合唱》雄壮的歌声。

时光的轮盘旋转到1997年6月1日，香港即将回归祖国，著名特技演员柯受良决定驾驶汽车飞越黄河壶口瀑布。媒体早就开始制造舆论,报纸、广播电台、电视台一起上,把黄河壶口瀑布炒作得沸沸扬扬。6月1日13时19分,准确时间是13点19分零7秒,柯受良驾驶汽车,从山西那边的黄河河床搭起的助跑道上飞快加速,一跃而起,只用了1分58秒,他和他驾驶的汽车在壶口瀑布上空划出一条优美的弧线,几乎是眨眼的工夫,就落到陕西一侧,完成了举世闻名的飞越壮举。由此,全国人民乃至全世界观众,都清楚地记住了黄河壶口瀑布,我便在那一刻下定决心,一定要到壶口瀑布,去目睹它的壮观!

这一刻来得未免太迟了点,一迟就迟了二十年。不过即使是迟到二十年,当我来到壶口瀑布的那一刻,还是抑制不住心头的狂喜,我面对黄河,面对壶口瀑布,大声地叫起来:"啊——啊——啊——啊——"我的吼喊跟壶口瀑布的水声形成双重奏。

一进入景区大门,我们就飞快地往发出訇訇水声的壶口跑,在瀑布飞流的壶口,水声、瀑布声和人声交织在一起,越靠近,声音越嘈杂。两岸山势陡峭,黄河在两山夹持下浩浩荡荡地朝壶口奔来,一到壶口,遇到岩石缺口,河水陡然跌落，前面的水刚跌落，后面的水便慌不择路地奔来，前呼后拥，把飞下陡崖的河水带出好远，有一股水直接涌向龙槽，壶口两边的水先是冲向两边的岩石，再跌落到断崖之下，那訇訇的吼声就是从断崖处发出来的。

龙槽很深，曲折蜿蜒向南而去，河水在槽身内冲撞奔涌，腾挪跌宕，像一条翻滚的巨龙。龙身无限长，龙头早就咆哮而去，龙身正在龙槽内挣扎，龙尾处，滚滚黄河水奔腾而下，接续出无限延长的龙身。

瀑布跟前，冲撞的河水激起几十米高的水帘，水帘似纱似幔，似云似雾，风一吹，飘到两岸观瀑人身上，不但打湿了游人的头发和衣服，还把照相机镜头打湿了，取到镜框里的景物便一片模糊。夏秋时节，壶口瀑布温凉多雨，6月至9月，降水量很大，黄河的水流急剧膨胀，壶口瀑布的水位自然跟着暴涨。我们在10月下旬来到壶口瀑布，赶上了大水流的尾声，于是，壶口瀑布便向我们展示了它宏大的气势。

陕西这边，岩石岸边挤满了观瀑人，山西那边的观瀑人也不比陕西的少。人们不停变换着位置，不停地改变着观察的角度。

我注意到山西那边的龙洞，那是一个天然洞穴，洞穴与河滩相通，从河滩上沿着阶梯可直接通往瀑布下方的观瀑洞。这时，观瀑洞里挤满了人，大家看着滚滚黄龙从壶口冲撞而来，在龙槽里不断翻滚，然后朝十里外的孟门山奔去。我忽发奇想，夏季黄河水最大时，龙洞会不会被淹没呢？当瀑水冲到洞口时，会产生巨大的轰响吧？

我沿着水槽向下游走，对岸的一处小瀑布引起了我的注意，是黄河水绕到右岸的河滩再流下来的，一股稍大些，另外四五股小成涓涓细流，原来，黄河壶口瀑布也会有小桥流水。当然，如果净是几个关东大汉在舞台上吼喊，也太乏味了，听几声清脆的花旦唱几嗓子，舞台戏便显得娓娓动听了。

可不是吗，陕西这边，正有剧团在演出抗日情景剧。他们以天为大幕，以山崖为底幕，在山崖上随弯就势建了几孔窑洞，"抗日游击队"出没在山崖之间，机智勇敢地跟侵略者战斗。

1937年抗日战争全面爆发，半壁山西沦陷，阎锡山于1938年撤退至吉县，在日军的追击下，他率部两次西渡黄河，重返山西后，又率领第二战区长官部、山西省政府、民族革命同志会移驻壶口瀑布上游六七公里处的克难坡。

壶口瀑布算得上一个英雄的瀑布，它的恢宏气势就是中国人民反抗侵略的真实写照。

连著名诗人光未然的《黄河颂》和著名音乐家冼星海的《黄河大合唱》都是在这里诞生的。

2007年9月,黄河壶口瀑布及附近几个景区被辟为黄河壶口地质公园,它之所以被称为地质公园,一定与这里的岩石突然陷落构成巨大落差,从而形成黄河大瀑布密切相关。滔滔不绝的黄河水在这里突然跌入悬崖,而这悬崖还以每年1.05米的进度向北推移,如此看来,现在在壶口瀑布搭建的观景台要不了多久就得废弃,龙槽的槽身也会逐年延长,这算得上一处地质奇迹吧!

这里是中国第二大瀑布,它的奇特之处就在于——瀑布之水一起涌向一个巨大水壶形状的深渊,然后在深渊里产生巨大的轰鸣,它似乎在向全世界宣告:这就是黄河的力量,这就是中国人的力量!它的瀑布惊心动魄,它产生的力量以及它蕴含的气势是那样的惊心动魄,让任何一个觊觎中华民族的强盗都闻风丧胆!

夜游黄浦江的惊喜

胡祖义

到上海去旅游,人们首先想到的是城隍庙、外滩和南京路,现在再加上世博园,可是我跟你说:你没"搞到板"(弄明白)!我郑重地告诉你,到上海去旅游,要是不登上"三件套"中的某一栋大楼,再乘游船夜游黄浦江,就白来了上海!

当大巴车穿行在陆家嘴林立的高楼之间时,我还在想,旅游就一定要登金茂大厦吗,不过是一座高楼罢了,又能如何?可是,当登上金茂大厦,在圆形观景大厅一览上海市区夜景时，我这个年过花甲的半吊子文人竟然激动得语无伦次起来，忍不住连连感叹道："噢，不虚此行，不虚此行！"

上海早就有"东方巴黎"之美誉，黄浦江夜景也被人们誉为"东方夜巴黎"。我自是不知道夜色下的巴黎如何美丽，只能从金茂大厦上看到的美丽夜景来推演夜巴黎的风采！常自诩笔下能生花的，可此时，我这支生花妙笔却瞬间成了秃头，我这张吃了四十多年"粉笔灰"的嘴巴，早就讷讷难言。上海傍晚的景色之美，岂是我这个才疏学浅的拙劣文人所能形容出来的？

此刻，我们站在金茂大厦八十八层，离地面约400米，整个上海市区都被收入眼底。原先最著名的东方明珠塔畏缩在金茂大厦脚下，像个胆怯的小媳妇一般畏葸不前。向西望去，晚霞阵阵，有绚丽的红光映射到市区，给许多高大的建筑物涂抹上一层淡淡的金色。市区的灯光渐次明亮起来，那亮色按秒的推移改变着光亮的程度。如果是土生土长的上海人，他一定能如数家珍般说出一条条街道和著名建筑物的名称，我们这些外地人只感觉，上海市区无边无际，明亮的灯光从脚下开始，向天边铺去，有如跌落的银河。伴随着晚霞的消失，灯光在城市上空织出一幅色彩斑斓的锦绣……

噢，金茂大厦上看到的上海夜景太美丽了，我只能用这些词语描述，我真的江郎才尽了。然而，登上金茂大厦观赏市区还只是今晚的序幕，更精彩的，还在后面呢！

当我们从金茂大厦下来，来到陆家嘴黄浦江东岸的码头时，一艘满载游客的轮船刚刚离岸，朝黄浦江上游驶去，我们等了一个多小时才登上游轮。这时，江面上刮起一阵阵寒风，我们把带着的厚衣服全都裹在身上，还一个劲儿打冷战，可是，气温再低，我的那颗心仍在狂跳。身边不远处是上海的高楼群，对岸是上海最豪华的市区，外滩近在咫尺，两岸建筑物的灯光和游船上的灯光交相辉映，让人觉得恍如仙境，似在梦中。

游船鸣响喇叭缓缓驶离码头，江水翻起的波浪发出哗哗的声音，如游客呵呵的笑声，船头犁开金色的水波，江面立刻撒下一片片碎金。

游轮继续向前行驶，两岸不断变幻着风景，我们的眼睛应接不暇，简直不知道先看哪里，只听见这里爆发出一阵欢呼，那里又爆发出一片尖叫。景色随游轮的前行不断变换，本以为眼前的景色是最美的，不料继续向上游航行，岸边景色随着游轮的移动显得更加美丽。远处的背景转换得慢些，近处的景物则稍不留意就让人捶胸顿足。刚才看到的还是"瑞丰国际大厦"，转眼就到了"上海银行"，一栋高大建筑上用霓虹灯制成巨大的"震旦"二字。很快，我们又遇到原先在金茂大厦上看见的"小媳妇"——东方明珠电视塔，不过，这会儿，"东方明珠"已经把胸挺起来，俯视着黄浦江上的游客，大有颐指气使的神情。

哪里听得导游的解说呀，只觉得江波一会儿明亮，一会儿暗淡，两岸的建筑物不断变化，我们现在到底在哪栋建筑物前，像我这样的上海盲怎么说得清啊，只有外滩公园后面的大楼能大致说得出名字，那也是后来查过资料才弄明白的，比如"上海总会"、"浦发银行大楼"、"麦加利银行大楼"、"和平饭店"和"中国银行大楼"等等，这些建筑物都装饰着绚丽的霓虹灯，在中外游客欣赏它们的时候，这些大楼一个挨着一个，像雍容华贵的少妇般优雅地站在那，谁会错失向外人展示自己美丽的机会呢？于是，它们极尽机巧，刻意炫耀，使出十八般武艺，尽显自身之妖娆，就连外白渡桥也不例外。

外白渡桥既不高大，也算不上美丽，但是因为所处的位置特殊，也能从不同角度，把灯光映射到桥栏上，从游船上看去，显得那般金碧辉煌。

游轮到外白渡桥掉头，回程便是"故地重游"，即便如此，游轮上的欢呼声一点都没减弱。建筑物上的灯光在装扮自己的同时，也把黄浦江装饰得绚烂夺目。我听一旁的游客说，许多西方人都慕名来上海夜游黄浦江。另一位游客说："都说'夜巴黎'美得不得了，'夜巴黎'算什么？'夜上海'才真叫美！"

这时候，刚从欧洲旅游归来的一位游客说："在巴黎夜游，塞纳河两岸远不及黄浦江的风景美，河两岸的楼房也没有黄浦江两岸的高大，更不用说建筑物装饰的灯光。"

如果那位游客所说是真的，那么，我很荣幸了，我在世界上最大最繁华的都市，游览过最美丽最绚烂的黄浦江夜景，还有什么不知足的呢？唯一遗憾的是，我不能用语言，如实地把所见所闻一一记录下来，我大脑里储存的词汇很不够用。

借用一位伟人的名言："要知道梨子的滋味，你最好亲口尝一尝。"我活用这位伟人的话：要知道夜上海的景色有多美，你最好亲自登上金茂大厦或者上海环球金融中心、上海中心大厦，然后乘游船夜游黄浦江，那时候，你一定会收获到如我今天一般的惊喜——夜游黄浦江，你不可能不开心快乐、手舞足蹈、载歌载舞！

江水潺潺绕郭流

朱仲祥

我生活在川西南古城乐山。这是一座傍水而居的城市，而且这座城市依傍的不止一两条河流，而是很多条大小不等的江河溪流。这些纵横交错汪洋恣肆的河流，织就一张巨大的水网，将乐山严严地网在其中，形成水绕着城走、城漂在水上的独特景观。因此清代诗人张船山写诗赞道："凌云西岸古嘉州，江水潺潺绕郭流。"

这座以水为基调的城市，其发轫就与水有关。由于它位于岷江、青衣江、大渡河三江交汇处，古时候这里经常发大水，给这片鱼米之乡带来不少灾难。战国时期，开明王鳖灵率领族人从荆楚之地沿长江而上，来到古蜀国的凌云山下，劈开乌尤山的阻遏，疏浚三江之水，并在这里扎下根来，在岷江东岸的三山九顶之上建起了开明王城。因水而生的开明故城，便成了其后犍为郡城和嘉定府城以及现代乐山城市的发轫之地。秦时蜀郡守李冰在这里二次治水，深挖了麻浩河床，增大了岷江的行洪能力，使这里进一步形成了"绿影一堆飘不去，推船三面看乌尤"的离堆景观。到了唐代，这里的先民为镇三江水怪，在高僧海通和尚的倡议和川西节度使韦皋的主持下，经历近九十个春夏秋冬的艰苦鏖战，在三江汇流处的绝崦丹崖上，修建了70多米高的凌云大佛，使其从此成为这座城市的地标。

"山水在城市中，城市在森林中"，这是联合国教科文组织对乐山的赞誉。凌云连绵的山峰如屏障一般横亘在岷江对岸，白岩山、尖子山、虎头山、老霄顶诸峰错落在楼宇之间。但水依然是这座城市的主题元素。岷江从川西北高原逶迤而来，流经成都、眉山之后进入乐山，在城市北面稍作停留后，便在大佛脚下拥抱了青衣江、大渡河，然后携手奔向滚滚长江。

素有"川西玉带"美称的青衣江,穿过川西北高原的重重阻遏,越过"两山对峙、一水中流"的夹江千佛岩,在乐山城郊草鞋渡和大渡河相汇。而发源于贡嘎山麓的大渡河,流经康巴藏区和小凉山区,进入沙湾城区,再串起数十个翡翠般的沙洲后,在乐山中心城区与青衣江深情牵手。

围绕这三条江河,城市周围分布着由溪流河汊构成的若干水系。主城区鳞次栉比的楼宇间,清澈的竹公溪由北向南穿城而过,形成一道绿荫夹岸、小桥流水的水乡景观;而青衣江西岸的苏稽城区,秀丽的峨眉河带着峨眉仙山的灵气,在这里绕了一个优美的弯,留下一段田园牧歌般的风光之后,急切地扑进青衣江的千重碧波之中。从凌云山、乌尤山之间劈出的麻浩河,向南在牛华古镇与流花溪汇合,涂抹出一片水乡江南的图画后,牵手涌斯江注入滔滔岷江。同时,乐山城郊的这些水系上,水库、湖泊、堰塘星罗棋布,如仙女遗失的一面面铜镜,给城市平添了几分灵气。

河流众多,水系发达,滩涂湿地便多。站在赭红色的乐山城垣上,便可望见凌云大佛对面的江心,一抹沙洲如绿色的凤凰,翔舞在万顷波涛之上,当地人称之为"凤洲岛"。原来岛上全是沙石,夏天洪水一来便被淹没得没有踪迹,大佛脚下汪洋恣肆茫茫一片。近十年的夏天涨水，冲来了不少植物淤积在上面，水退后便魔幻般长出了一大片树林和芦苇丛，成了城市的一道景观。如今，这里已被打造成了以凤洲岛为中心的城市湿地公园。而在大佛上游嘉定坊外，一到枯水季节便露出一片乱石杂陈的滩涂，这便是神话传说中鳖灵斩杀恶龙的九龙滩。尽管九龙滩寸草不生，却是野鸭、沙鸥、白鹭等水鸟们的天堂。它们或飞翔在河滩上，或信步在江水边，成群结队，野趣盎然。每当游船经过，它们就表演似的成群飞起，赢得游人一片喝彩。

在乐山近百平方公里的城区，像凤洲岛、九龙滩这样的江心沙洲还有很多，单是从沙湾到老城区的一段河面，就有大小不一的小岛数十个，如翡翠一般散落在大渡河上。其中不少沙洲都无人居住，成了被保护的天然湿地。这些湿地上，灌木遍地，芦苇丛生，野花盛开，鸥鸟云集。也有一些有人居住的岛子，岛子中间是耕地和人家，周边是滩涂和湿地，人和野生动物在沙洲上和谐共生，构成了一幅动人的画面。

乐山人对水的热爱和崇拜与生俱来，水图腾和码头文化也应运而生。古时候，三江之滨建有龙王庙不下十处，如今只有五通桥的龙神庙还在。尽管如此，每年端午赛龙舟的习俗却保留至今，人们举办了若干届声势浩大的乐山国际龙舟赛以及赛龙舟、放河灯、抢鸭子等丰富多彩的民俗活动。因为水上交通的顺畅，该地商业贸易也非常繁荣，古代为"南方丝路"的交通要冲，三江之上舟楫往来不绝。郭沫若曾有诗云："三两渔火疑星落，千百帆樯戴月收。"

生活在乐山这座水城是幸运的。围绕着水，我便多了许多生活的闲情逸致。比如约了朋友，到江边亲水的茶园喝茶，静听涛声阵阵，闲看芦苇飘雪；比如独自漫步在赭红的古城垣上，静静放飞思古之情，细心体会刘禹锡"山围故国周遭在，潮打空城寂寞回"中的深邃意味；比如到江边散步，看人们打鱼、垂钓或搬罾，感受水城的别样风情；再比如去那些沙洲、滩涂和湿地，观察鸟们诗意地飞翔和栖息。

我最喜欢的还是看大渡河落日。每当天晴的黄昏时分，一轮落日便出现在城市西边，灿烂的晚霞勾勒出峨眉清晰的山影，将大渡河映照得酒醉般绯红，江心的波涛、沙洲以及山崖上的大佛、岸边的城市，都被霞光涂抹得辉煌壮丽，整个画面既热烈又凝重，写意着"一道残阳铺水中，半江瑟瑟半江红"

的意境。随着晚霞渐渐消失,城市的华灯渐次亮了起来,梦幻般的灯光倒映在水中,闪闪烁烁如跃动的金子。此时你会想起郭沫若的名句来:"远远的街灯明了,好像闪着无数的明星。天上的明星现了,好像点着无数的街灯。"

三面临水,一面靠山。行走在这座山环水绕的城市,我更能感受到水对于生活的非凡意义。我想,正是因了水,才有了这座城市,才有了威镇三江的乐山大佛;正是因了水,因了水中珠串般的沙洲湿地,城市的景色才多了几分润泽和生机,多了几许内涵和魅力。

千里岷江千里浪

朱仲祥

岷江是流经乐山的第一大河，也是蜀中父老的母亲河。

自古以来，人们都将岷江看作长江的源头。《山海经·古水经》言："岷三江：首，大江，出汶山。""岷山导江，泉流深远，盛为四渎之首。"渎水即岷江，又称汶水、汶江、汶川，因先秦以来即被视为长江上源，故又称江、江水、大江水。近年来经科学考证，长江之首为金沙江，长江源头也在金沙江上游，但这并不影响岷江作为长江流域水量最大支流的重要地位，也并不能冲淡岷江在历史文化中的丰富内涵。

现在科学定义岷江，是长江上游左岸一级支流，发源于岷山南麓松潘县郎架岭，有东西两源，西源潘州河，出自松潘县郎架岭；东源漳腊河，出自松潘县弓杠岭斗鸡台。二源汇合后，南流经松潘县城，至都江堰市，被都江堰引水工程分为内、外江。外江为干流，经过新津、彭山、眉山市直达乐山市。在"乐山大佛"处的凌云山，从右侧纳大渡河及其支流青衣江，到宜宾合江门汇入长江，干流全长八百公里，天然落差约 3600 米。都江堰以上为上游段，河谷幽深，山坡陡峭，水流湍急，水能丰富；都江堰至乐山市为中游段；乐山市以下为下游段。正如郭璞《江赋》所言，岷江"呼吸万里，吐纳灵潮。自然往复，或夕或朝。激逸势以前驱，乃鼓怒而作涛。峨嵋为泉阳之揭，玉垒作东别之标。"

在松潘县和九寨沟县交界处，有一座海拔 3700 米的弓杠岭，山的北麓林茂树密，灌木葱郁；南麓松柏稀疏，砾石横生。春夏时天蓝地绿，百花争艳；秋冬时风雪迷道，人难立稳。山脚的草甸上树立着一块石碑，上书"岷江源"三个大字；旁边另有一块平整的石碑，上刻《江源考》全文。在石碑四周，是一大片青葱的微微起伏的草甸，犹如浓缩的红原大草地。冬天的草地全被雪花覆盖，举目之间一片洁白；夏天上面开满了星星点点的野花，走上去感觉松松软软的。走进草甸才可以发现，有一脉细小而清澈的溪流，在雪被或青草的呵护下，叮叮咚咚地轻盈流过，在几度依依不舍地宛转迂回之后，终于向奇伟的汶山峡谷流去。

这里不仅是著名的岷江源，也是古蜀的发源地。春秋时期，兴起于这里的蜀国君主蚕丛，率部顺利完成从岷山叠溪到蜀中平原的迁徙任务。之后，又一支古羌蜀民族的首领杜宇，在"江源"与当地彝族女结为夫妇，实现蜀彝联盟，势力由此猛增。这些正印证了荀子的名言："不积跬步，无以至千里；不积小流，无以成江海。"

岷江自这里出发，沿途汇入黑水河、杂谷脑河、金牛河、青衣江、大渡河、马边河等重要支流，然后汇入万里长江。由于流经地域和历史阶段不同，岷江各段又有许多种称谓，比如玉轮江、箭水、导江、都江、皂江、大皂江、沫江、武阳江、合水、金马河、皂里水、三渡水、玻璃江、蜀江等，异名甚多。其中乐山境内就有熊耳水、平羌江等别称。

话说岷江流过李冰治水的都江堰，流过几度繁华的锦官城，便南下苏东坡的诗书城眉州，在中岩寺前稍作停留，化作平静清澈的玻璃江。之所以这段被称作玻璃江，大概是因为下游的三峡抬高了水位，使这里呈现出水平如镜的景象。当年陆游自嘉州溯江而上来到这里，于船上摆上酒盏，斟上浓香四溢的"玻璃春"，悠游于山水之间。朦胧中举目望时，却见这里江面开阔，江村秀美，劳作的人们渔歌对答，他大为感动，写下了竹枝调的《玻璃江》："玻璃江水千尺深，不如江上离人心。君行未过青衣县，妾心已到峨眉阴。"

然后，岷江直奔风景奇绝的小三峡而来。岷江小三峡又称嘉定峡，由岷江切穿东北一西南向的龙泉山余脉而成，全长十二公里，自北而南由犁头、背峨、平羌三峡构成。因此段水域古称平羌江，故又称平羌峡。游览小三峡风光，可自乐山城北悦来乡始。游船进入的第一江段为犁头峡，这里重峦叠嶂，连绵起伏，把水面逼窄成溜尖的形状，宛如一只闪亮的犁铧，故得此名。因此地盛产名贵鱼种"江团"，故又称"鱼窝头"。再往前行，两岸景色迥异，右岸怪石峥嵘，杂草丛生，左岸碧峰翠岭，竹木葱茏，相映成趣。游船驶入背峨峡，因这里高山峭立，在江面上看不见峨眉山的倩影，故有此名。此时江面渐宽，水平如镜，蓝天白云，青山绿野，倒映江中，情趣盎然。田野里菜花铺锦，农家里炊烟袅袅。游船犁开万重碧波，发出哗哗的声响，惊起无数沙燕和江鸥、野鸭，扑棱棱拍翅飞入林间，好一曲田园牧歌。接着是平羌峡，它是三峡中自然风光最美、人文积淀最厚的一段。平羌的得名，与这里曾设平羌县有关，唐宋时，嘉州城里还有平羌路，陆游诗曰："淡烟疏雨平羌路，便恐从今入梦魂。"清代诗人张船山也曾泛舟此段岷江之上，其诗《嘉定舟中》云："平羌江水绿迢遥，梦冷峨眉雪未消。最爱汉嘉山万迭，一山奇处一停桡。"在平羌峡中悠悠泛舟，最能体会此诗的感受。平羌峡中山崖耸立，怪石嶙峋，常给人无尽的想象。其中有十八块形状各异的石岩，环绕一座山崖突兀矗立，人称"十八罗汉抢观音"；一座长达 30 米的巨型岩石横卧江中，表面平整而修长，这就是神秘的"石棺材"；而对岸的"鸡公石"，状如雄鸡独立，栩栩如生。古时这里建有能仁院的寺庙，寺前绝壁上凿有一尊尚未完成的"平羌大佛"，专家考证其为乐山大佛的蓝本。陆游有诗云："江阁欲开千尺像，云龛先定此规模。斜阳徙倚空三叹，尝试成功自古无。"

比陆游更早来三峡的是诗仙李白。唐开元十二年，"仗剑去国，辞亲远游"的李白，买舟扬帆自成都顺岷江而下，一进入嘉州地界，就被这里秀美的风物所吸引，不禁停舟靠岸，流连数日不去。他白天游历在山水之间，或坐在峡口的礁石上垂钓；晚上则载酒泛舟于月下，满怀豪情饮几杯浊酒，不觉醉卧于游船之中，半夜被凛冽的江风冻醒，次日在平羌峡的岩壁上刻石以记："夜来月下卧醒，花影零乱，满人衿袖，疑如濯魄于冰壶也。"（见《嘉定府志·古迹》）三峡夜晚之冷可见一斑，看来潇洒也要付出代价。

岷江千回百转冲出小三峡，向嘉州古城走来。它不缓不急地流过"三苏"曾歇脚的龙泓山，流过出产美酒的东岩山，流过连绵起伏的龟城山，然后走至古老郡城的赭红色城垣之下，轻轻拍打着布满杂树和苔藓的城墙、几度兴废的码头和岸边疯长的水草，倒映着人们眺望水面的苍凉眼神，以及城楼上日渐昏黄的灯光。在凌云山的峭壁之下，岷江张开母亲般宽广的胸怀，拥抱了大渡河和青衣江的流水。三江水波翻浪卷，汹涌澎湃出壮美诗章。然而在远古时候，许多船夫舟子樯倾楫摧在洪流之中，令蜀郡守李冰掘开麻浩河道以分流三江之水，雕刻出一峰独秀的乌尤胜景；令黔僧海通留下了悲悯的眼泪，奋锤凿石八十载，巍巍大佛护平安，方有"鱼米三江金天府，峨山沫水秀嘉州"之美誉。此时的岷江就是一支画笔，精心点染或镌刻着汉嘉山水，写意出凌云九峰、乌尤离堆、沧桑古城、崔巍大佛、千百船帆……写意出"天下山水之冠在蜀，蜀之胜曰嘉州"的州之嘉美。海棠香国里随风飘落的海棠，在岷江之上随波逐浪，和翻卷的浪花一道奔向远方。

岷江有了大渡河与青衣江的加入，豪情激荡地从郡城出发，继续着自己既定的征程。

这下游的一段流经五通桥、犍为和宜宾的屏山三区县，行程两百余公里。这一江段，河面相对宽阔，水量也很充沛，是蜀地出川的千里通衢。自古以来，有许多不可一世的战船划破江面，驶进一部部历史恢宏的卷帙，演绎出"司马错伐楚""诸葛亮南征"的千古传奇；该江段也方便无数客船与商船来往，与金沙江相连成南方丝路的水上通道。因为岷江水运的便捷，也带动了沿岸经济的发展，一大批城镇随之兴起，其中包括十里水城五通、千年故县玉津、犍为旧县清溪以及僰道境内老君山下的屏山。

在岷江岸边的清溪古镇，还有一桩文坛疑案，就是李白那首著名的《峨眉山月歌》中的"清溪"具体所指。《峨眉山月歌》是说唐开元十二年的秋天，二十四岁的李白仗剑辞亲，去国远游，乘舟经过嘉州时，峨眉山的半轮秋月如影随形，给他留下了难以忘怀的印象；他流连数日后顺江而下，在繁华的清溪小住，次日凌晨从这里出发时举目四望，却看不见那半轮峨眉秋月，于是惆怅地写下这首诗，然后扬帆向渝州的长江三峡而去。人们对"夜发清溪向三峡"中"清溪"究竟是哪里争议很多，仅在乐山就有两种观点：其一是认为清溪指岷江三峡口的古驿站板桥溪，这种观点的依据是乐山城东共四十五里岷江，古名平羌江，此段江上亦有小三峡，于是有人说李白是宿在小三峡出口处的板桥驿；其二则认定是犍为岷江边的清溪镇。目前更多的专家倾向于后者。

在后来的时间长河中，从岷江下游的水路上走过的文人墨客就更多了。诗圣杜甫，于永泰元年五月乘船到清溪驿，写下《宿青溪驿奉怀张员外十五兄之绪》，记载自己"漾舟千山内，日入泊枉渚"的漂泊经历，发出"我生本飘飘，今复在何许"的人生感叹。晚唐边塞诗人岑参，大历初年到嘉州任刺史，两年后被罢官，准备从岷江顺水东归，写下《东归发犍，为至泥溪舟中作》一诗。后来宋代的苏轼父子来过，清代的王渔洋、李调元来过，也曾留下不少的诗句文章。这在《嘉定府志》和《犍为县志》里多有记载。

千里岷江来到宜宾，与奔腾而来的金沙江汇合。站在合江门处，可看见左面的岷江缓缓流淌，水色如黛，娴静温柔；右面的金沙江翻花鼓浪，水色泛黄，粗犷刚烈。它们如久别重逢的情人，在这里拥抱、亲吻。终于，一条惊世骇俗的长江诞生了，在三峡的跌撞曲折中茁壮成长，它激扬起青春和梦想，卷起一江欢乐的浪花流向东方，最后注入东海。是有了岷江与金沙江的共同加入，才有了万里长江的滚滚滔滔，才有了中华民族的古老文明。

"小路盘盘绕山岗，车儿带我向岷江，好似情人久离别，今天回到你身旁。啊！岷江，我永远爱恋的江，你像无边的画卷，在眼前飘荡，我愿化作洁白的云雾，洁白的云雾，轻轻覆在你的身上……"这是抒情歌曲《岷江行》里唱到的岷江。是的，你看它自汶山脚下蜿蜒而来，一路上水流婉转，青山多情，云雾缠绵，山花烂漫。滔滔江水描绘出富饶美丽的天府神话、嘉州画卷之后，又承载着百舸争流，托举着千帆竞发，一往无前地奔向远方……

大河奔流水滔滔

朱仲祥

古嘉州乐山之所以山川俊秀，物华天宝，追根溯源在于这里有三江汇流，三水润泽。大渡河就是三江中的一条河流。

大渡河位于四川中西部，是岷江的最大支流。它发源于青海省玉树阿尼玛卿山脉果洛山南麓，流经阿坝时被称作大金川，向南流经金川县、丹巴县，于丹巴县城东接纳小金川后始称大渡河，再经泸定县、石棉县转向东流，经汉源县、峨边县，于乐山市城南接纳青衣江，立刻注入岷江，全长一千多公里。大渡河在不同时期、不同流域有不同的称谓，曾先后被称作北江、戥水、大渡水、濛水、泸水、泸河、金川等。直到隋、唐以后，才正式命名为大渡河。

单是在乐山境内，大渡河就曾有三个不同的称谓：沫水、峨水和阳山江。

沫水是我国有记载的古水之一，最远可追溯到春秋至秦汉时期。史书记载：战国时在秦蜀守李冰主持下凿离堆（今乌尤山），以避沫水之害。西汉元光五年（公元前130年）司马相如通西夷，西至沫水、若水。提到了"沫水"此名，就不能不说古代大渡河的水患。大渡河从川西北高原流出，先后翻越高海拔的大雪山、小相岭与夹金山、二郎山、大相岭，千里迢迢地来到乐山城郊时，海拔仅为300多米，其间的垂直落差为2000多米，造成其水流湍急，狂放不羁。恰巧在它与岷江相汇的地方，迎面一列山崖挡住去路，造成水流拥塞，波翻浪急，终致成灾。一遇暴雨天气更是洪水高涨，淹没城市和乡村。李冰上任蜀郡守，便开始了对沫水水患的大力治理，具体办法就是深掘麻浩河道以疏浚洪水，这也体现了李冰"深淘滩，低作堰"的一贯治水理念。李冰之后，乐山先民承先启后、薪火相传地治理沫水，既极大减缓了大渡河水患，也成就了乌尤一峰独秀的乌尤离堆景观。

因沫水流经峨眉山以西，因山而得名，秦汉以前又称之为浪水或峨水。阳山江则是唐代对大渡河的称谓，那时有著名的江山江道，该驿道自嘉州出发，沿大渡河畔的山间而行，经峨眉、峨边两县，到汉源连接灵官道，是那时南方丝路的一条重要驿道。

大渡河沙湾至乐山大佛脚下的一段又叫作铜河。据说因沙湾境内的官雕山曾经铜矿资源丰富，西汉邓通曾在那里开铜矿铸币，因此得名。相传汉文帝时，邓通深得皇上喜爱，奉旨回乡开铜矿铸币，一时间邓通"钱布天下""财过王者"，后因遭人嫉恨，诬陷其谋反而被杀害。官雕山干沟有邓通冶铜遗址，山间散落着不少铜矿石、铜渣，淹没在树木杂草之中。"铜河"这一称谓，伴随邓通的传说，一直保留至今。

大渡河是一条难以驯服的河流，它一路冲破重重阻遏，奔腾咆哮，勇往直前。乐山一千多年的城市变迁就是实证。据说唐宋以前，乐山城的重心在今扑凤洲，城区与凌云山隔水相望，临水修建坚固的城墙，站在城墙上可俯瞰江面舟来楫往，也曾有浮桥和凌云山相连，沟通着两岸的来往，方便苏轼、陆游等风雅之士到江上载酒泛舟。大渡河北岸的城区，处在大渡河一拐弯处，奔腾而来的河水日积月累不断冲刷，侵蚀着城市所在的城墙。城市在大渡河水的步步紧逼下不得不后退，至明清时退到了现在的位置。而原来的城区，便消失在了大渡河的涛声之中，只有河滩上偶尔可见的赭红城墙石，作为这座古城久远的记忆留存下来。

大渡河在中国西南的崇山峻岭中，左奔右突冲出一条河流，不能不说是个奇迹。当你自汉源进入乐山境内，首先迎接你的是百里壮美峡谷画廊，那两岸高耸山峰的凌空逼视，那滔滔流水在大山裂缝中的艰难前行，那站在山巅俯视河流的曲折一线，常令人感叹这条河流的倔强与坚韧、坚定与执着。直到冲出沙湾境内的铜街子和轸溪之后，进入郭沫若先生笔下的"一溜浅山"脚下，它才有了喘息和漫漶的机会。也许是它不凡的经历，造就了桀骜不驯的个性。它的河床总是怪石嶙峋，凹凸不平；它的河面总是波翻浪卷，滚滚滔滔；它的性情总是奔放潇洒，豪情激荡。即使被一道道大坝围困，大渡河也不属于闲庭信步，平阔的湖面下是奔涌的暗流、燃烧的激情。正是这奔突的劲头，化作了冲出大坝时的飞流直下，化作了摆脱羁绊后的一泻千里。

尽管大渡河流经的都是蛮荒僻远之地，但它承载的人文气息却十分浓郁。早在一万多年以前，在大渡河流域较为宽阔的富林三角洲地带，就孕育了人类历史上较为重要的早期人类发展史——富林文化。这是一条神奇的河流。它在整个流程中，三次转变角色：发源之初展现出地球最远古的美丽；流进横断山脉，由远古美转换为画廊美；大小金川汇合后，则展现出它的桀骜不羁、雄性阳刚之美。这是一条中华多民族一体的河流，是中华多民族大家庭的象征。

而在乐山境内的大渡河，这些人文特性得到了集中的体现。首先，大渡河是乐山的一条风景线。金口大峡谷被列入中国十大最美峡谷之一；大瓦山被英国探险家威尔逊称为"东方的诺亚方舟"；峨边境内的黑竹沟原始森林，是国家级自然保护区，也因其神秘、奇幻的自然景观，被探险家们称为"中国百慕大"；沙湾妖娆多姿的美女峰，亭亭玉立在大渡河畔，其山巅有距离成都最近的石林奇观，和被范成大盛赞为"胜似蓬莱"的自然景色。其次，大渡河也串起了一道人文风景。流经的金口河和峨边，属于彝汉杂居的小凉山，创造了多姿多彩的民族文化，也传承着魅力独具的彝族风情。而流过小凉山之后，便进入郭沫若的故乡沙湾，郭老把大渡河歌颂为"滔滔不尽的诗篇",赋予了这片土地深厚的文化内涵。大渡河在乐山大佛脚下,与岷江、青衣江一道,共同孕育了具有三千年历史的嘉州古城;和迎面的凌云、乌尤、龟城、马鞍诸峰,共同组成可以登山览胜、载酒泛舟的汉嘉山水,令历代文人墨客吟咏相续。

郭沫若是在大渡河下游的水边长大的,对大渡河的感情尤为深厚。他在《少年时代·我的童年》中,曾经这样记述沙湾至乐山大佛的这段大渡河:"(沙湾)场的西面横亘着峨眉山的连山,东面流泻着大渡河的流水。乡里人要用文雅的字眼来形容乡土人物的时候,总爱用'绥山毓秀,沫水钟灵'的字句。绥山就是峨眉山的第二峰,沫水就是大渡河了。……大渡河的流水是比较急的,府河便十分平缓,两河合流的地方就好像府河被大渡河冲断了一样。就在这合流的彼岸有一带浅山,那便是凌云九峰了。这把大渡河的水势蓄着,使两河合流后的河水不能不折向东流。正当着大渡河口的凌云山的崖壁上,我们可以看出一个很大的石佛,那是唐朝时一位海通和尚修的,很深很阔地把山崖陷了进去……"1946年郭沫若为上海的《文艺春秋》杂志撰文,题为"峨眉山下",

他再次对大渡河畔的故土风物进行了介绍。"我的故乡是在峨眉山下，离嘉定城有七十五里路。大渡河从西流来，在峨眉山的第二峰和第三峰之间打了一个大弯，因此我家乡的所在地就叫沙湾，地在山与水之间，太阳是从大渡河的东岸出土，向峨眉山的背后落下去。"

大渡河有两处动人心魄的美。其一就是远眺大河奔流。登临凌云山，向西纵目远眺，奔来眼底的就是大渡河。你看它从远在天外的青藏高原，再流经群山纵横的川西北高原，风尘仆仆地来到风景如画的峨眉山麓，在乐山大佛脚下洗落一路风尘，升华一生的灵魂。千里长河奔流而来，令人有直抒胸臆之感。它用浪涛的有力手掌，深情拍打着古老的城墙，拍打着长满芦苇的沙滩，再在位于乐山港处的肖公嘴，怀着不可遏止的激情，久别重逢般扑入岷江的怀抱，那两水相拥时激流回旋的任性与放纵，那波涛与波涛深情相吻的缱绻与痴情，令人动容。在即将与岷江相拥时，大渡河精心孕育出凤洲岛和太阳岛，翡翠般托举在波涛之上，如敬献给岷江和乐山大佛的最美诗篇。

其次是观赏长河落日。每当黄昏来临之际，选择一处濒临大渡河的古城垣，凭栏纵目大渡河尽头，在隐隐约约的峨眉山之上，一轮浑圆硕大的夕阳，在周边云彩的簇拥下渐渐西沉，它时而钻出云层，放射出万道金光，时而躲在云彩后面，给云们镀上亮丽的金边。西天云霞浸染，被映照得色彩缤纷，璀璨的霞光浸染着大渡河的流水，以及江心的河滩芦苇、岸边的田野村庄，浸染着栉比的城市楼宇，给这些景物蒙上了一片或辉煌瑰丽或苍凉雄浑的色彩。此时大渡河的滔滔河水，淡去了汹涌澎湃的势头，增添了闪闪烁烁的灵动，仿佛是一匹绚烂无比的壮锦，抖落在天府般秀美富饶的嘉州大地；抑或化身为一位珠光宝气的贵妇，款款行走在暖色融融的夕辉之中。沉沉夕阳，悠悠长河，邈邈峨眉，浩浩长天，共同组成壮阔磅礴、浑厚深远的画面，写意着"长河落日圆"的壮美意境，也震颤着我们的心弦。

岷江和大渡河，仿佛是情缘未了。它们从青藏高原和横断山脉的雪山走来，纵贯北纬30°，横穿"胡焕庸线"，经历了千回百转后，相汇在了峨眉山下，相汇在了古嘉州乐山。岷江是长江最大的支流，这其中有大渡河的激情参与和无私贡献。

碧水流芳竹公溪

朱仲祥

嘉州古城，不仅有三江环抱，而且有一水中流。它就是竹公溪。

竹公溪从北郊的浅山中蜿蜒而来，由北向南流经王河园，流经白岩山，再穿城而过，在张公桥下游注入岷江。清澈的溪水或轻灵温婉如一条柔曼的玉带，飘舞在楼宇之间；或活泼欢快如一位纯真的少女，漫步在古城的街巷。溪水两岸，时而树林簇拥，绿叶扶疏；时而绿竹拂岸，修篁撑绿；时而小桥横跨，碧水中流；时而高楼林立，街市纵横。古城一带的溪岸依然堆砌整齐，线条流畅，却因了年代的久远而苔藓斑斑，杂草披拂，尽显沧桑。

竹公溪因古代沿溪岸多种竹而得名。明代万历年间的《嘉定州志》卷一载："竹溪，西北三里，环溪多竹。"《华阳国志》里还记载了一个故事，说竹公溪与竹王三郎的诞生有关，岸边的人们感激竹郎的恩德，在竹公溪畔建了竹三郎庙来纪念这位竹神。竹公溪名字的由来，还与古代夜郎国的历史有关。史载，夜郎国以竹为姓，竹王生于竹溪，竹公溪因此得名。但道光年间，曾任新津、荣县知县的王培荀，作过十五首《嘉州竹枝词》，其八云："报赛迎神唱竹枝，竹公溪畔竹王祠。插花蛮女清歌罢，露冷鹃啼月上时。"并有自注："一水自夹江来，绕郭南流注江，曰竹公溪，有竹林三郎祠。"是说竹公溪是引夹江青衣江水而来，绕城南流注入岷江的。

这条古代作为农田灌溉工程、而今作为城市园林的溪流，其源头在哪里，一直存有争议。但较为权威的说法是在城市北郊的云头山。云头山又名石牛山，在今绵竹乡境内。民国《乐山县志》介绍道：云头山位处红花溪东北，红花溪下流成一瀑布，瀑声如雷，积为深潭，名龙潭，俗称大锣沱。"大锣沱深不可测，相传中有龙马石，大旱之年，车水见石，即沛然下雨。有花腔鼓二，形圆，周围数丈，花纹奇诡。"时至今日，大锣沱难得地旧貌依然，高山峡谷中一潭碧水，瀑布飞泉声震山谷，可谓妙景天成。竹公溪从云头山到石板滩，经九百洞到王河园，再穿过黑桥、张公桥流入岷江，全长二十七公里。

唐德宗贞元元年春日，女诗人薛涛一家曾流寓嘉州，住在竹公溪畔。少女时期的薛涛就具有诗人的特质，生性天真烂漫，非常喜欢这片汉嘉山水，她每日醉心于竹公溪的"晚霞映渠水，竹林生清风"，喜欢这里的山清水秀，喜欢溪畔遍地"虚心能自持"的竹子，喜欢那座别具一格的竹郎庙，喜欢勤劳淳朴的乡民和他们多姿多彩的民风民俗。她在竹公溪畔寓居下来，整日徜徉于山水之间采风吟诗，与当地人和睦相处，并向他们学习民歌"竹枝词"。在这样闲适的环境和愉悦的心情下，她写下了具有竹枝调风格的《题竹郎庙》："竹郎庙前多古木，夕阳沈沈山更绿。何处江村有笛声，声声尽是迎郎曲。"字里行间透露出对寓居地的深深热爱之情。不仅如此，她还常乘船到凌云寺登高远望峨眉山影，在春天里流连于郡城内外的海棠花下，夏天到来时去板桥驿品尝新鲜的荔枝。在这有限的居住时间里，她先后给嘉州留下了《赋凌云寺》《海棠溪》《荔枝赋》等诗作。

清初诗人王士祯来到嘉定城中竹公溪，饱览秀色，情之所至，挥毫而就《竹公溪二首》以及《汉嘉竹枝词五首》。他还在《蜀道驿程记》中写道："一水绕郭，南流注江，曰竹公溪，有竹王三郎祠。"

1939年9月，叶圣陶先生一家迁入竹公溪旁瓦屋。"瓦屋三间，竹篱半围，靠山面水。所谓山，至多只有今日一般住宅的四五层楼高，水也不过是条小溪，名字挺秀美，竹公溪，只在涨水的日子稍有点儿汹涌之势。"他十分喜爱竹公溪的景色，喜爱这里篱边的菊花、山腰的红叶、潺潺的溪流，喜爱阶前的雀鸟和鸡犬，喜爱在溪边观赏垂钓和向人讨教种花……他的好友朱广润曾感叹地说："柳宗元在永州见到的，无非就是这般的景色吧！"只是叶先生的诗文中没有提到竹郎庙，也许到此时，竹郎祠已经没有了吧。

这条介于青衣江和岷江之间的竹公溪，有着乡野的质朴气质，更有着城市的文化内涵。它在活泼轻盈、天真烂漫中，更多的是清雅高洁、温婉贤淑。无论是穿过郊野的山林村庄，还是行走在繁华都市，它的流水都不徐不疾，它的脚步都从容淡定，如一位素养深厚的大家闺秀；无论伴随它的是江风渔火，还是城市灯火，它都静心品赏，含笑以答。春天，溪边的海棠开了又谢，片片落花飘落在溪水里，它饱含真情与怜惜，一路相送一路祝福；秋天，白岩山上的槭树经霜红了，红叶倒映在溪水里，它回应以同样的热情，用秋水摄下一山的秋色。它给漂拂在水面的垂柳，梳理着如云的秀发；它给摇曳在水边的芦苇，滋养出茂盛的绿箭。特别是新打造的竹公溪公园，鲜花簇拥，绿草铺地，雕栏围绕，亭台相连，假山嶙峋，曲径通幽，俨然充满诗意、楚楚动人的江南美女。入夜，溪岸华灯闪烁，水面灯火倒映，两岸流光溢彩，一溪浮光跃金。此时的竹公溪，已幻变为一位珠光宝气、雍容华贵的妇人，光彩夺目地出现在城市之间。

竹公溪也是城郊众多水系中，最贴近人们的一条溪流。溪上建有许多造型各异的小桥，或如弯弓，或如满月，也有平桥直达彼岸，至今依然使用的就有黑桥、牛儿桥、北门桥、张公桥等，人们悠然从桥上走过，或站在桥上看潺潺溪水。每天一早一晚，市民们总在溪边漫步或者锻炼，呼吸着它潮润清新的气息。星期天或节假日，人们来到溪边静静垂钓，让一天半天的时光在对溪流的期待中慢慢走过。也有人走进溪边的清静茶舍，拥着一杯绿茶或四川三花，在观山望水或捧读书卷中，打发着悠闲的时光。而在更久远的年代，竹公溪与这座城市，以及城里的人们，关系更加密切，感情更加亲近。他们傍水而居，临溪而栖，开窗即见溪流，闭门犹听水声。他们在门外的竹公溪，用条石修建了许多小码头，一级一级地伸向水边。白天大嫂姑娘们便下到溪边，蹲在石级上淘米洗菜，相互聊些家长里短。晚上，她们还要在月光下挥舞着木槌，麻利地浣洗着衣服和棉纱。那月下溪边浣衣的景象，就如李白诗中的"长安一片月，万户捣衣声"。

文雅矜持的竹公溪流过张公桥后不久，便忘情地扑入岷江的怀抱，在赭红色的城垣下溅起洁白的浪花。那奔腾激荡的浪花，好似春天里的千树万树梨花开。而在这激越的流水和浪花之上，人们总会看见一群江鸥，绕着竹公溪奔涌而出的流水不停地飞翔，它们用矫健的白色身影，绽放出一朵朵飞舞飘逸的花朵，在江面上画出一道道优美的弧线。它们如竹公溪幻化的洁白精灵，又如竹公溪纤指弹奏出的欢乐音符，飞翔得那么自信而欢快，优雅而灵动。它们似乎在为竹公溪汇入岷江而欢呼雀跃，为岷江拥抱了竹公溪而欢欣鼓舞。

　　三江汇流是这座城市的骄傲，一溪中流更是这座城市的灵光。竹公溪轻轻盈盈地向我们走来，轻轻盈盈地离我们而去。她挥一挥衣袖，不带走一片云彩……

笔法之书